CB055347

O Natal pode estar em qualquer lugar,
noutro planeta, noutro tempo, noutra dimensão,
desde que esteja dentro de nós.

Para você, _____

desejando que aconteça um grande Natal no seu coração.

São os votos de _____

Primeiro chegam os anjos

Copyright © Isabel Vasconcellos, 2012
Todos os direitos reservados. Nenhuma parte deste livro pode ser reproduzida ou transmitida em qualquer forma ou por qualquer meio, eletrônico ou mecânico, incluindo fotocópia, gravação ou qualquer armazenamento de informação, e sistema de cópia, sem permissão escrita do editor.

Direção editorial: Júlia Bárány
Edição, preparação e revisão de texto: Barany Editora
Projeto gráfico e diagramação: Barany Editora
Capa: Emília Albano
Ilustrações: Suely Pinotti

> Dados Internacionais de Catalogação na Publicação (CIP)
> (Câmara Brasileira do Livro, SP, Brasil)
> Vasconcellos, Isabel.
> Primeiro chegam os anjos - contos de Natal / ilustrações de Suely Pinotti -- São Paulo: Barany Editora, 2012.
> ISBN: 978-85-61080-20-4
>
> 1. Contos brasileiros 2. Natal - Contos I. Pinotti, Suely. II. Título.
> 12-12238   CDD - 969.93080334
>
> Índice para Catálogo Sistemático:
> 1. Contos de Natal : Literatura brasileira   969.93080334
> 2. História de Natal : Literatura brasileira 969.93080334

Todos os direitos desta edição reservados
à Barany Editora © 2012
São Paulo - SP - Brasil
contato@baranyeditora.com.br

Livro para Ser Livre
www.baranyeditora.com.br

Primeiro chegam os anjos

contos de Natal

Isabel Vasconcellos
ilustrações de Suely Pinotti

Barany

São Paulo
2012

Dedicatória

Para todos os que contam histórias e estórias
antes de adormecer

Conteúdo

	Prefácio de Rubens Gonçalves	9
1	Presépio	11
2	Roberto Jesus	15
3	João de Deus	25
4	Joana e a volta para casa	29
5	A tristeza de Deus	39
6	A enésima chance	49
7	Pedidos de Natal	55
8	Luiza e o Papai Noel	67
9	Os sábios de Kavárika	75
10	O sonho de Natal de Marina	83
11	Escassez de anjos	89
12	Maria Jovina, a que não gostava de Natal	97
13	A herança	101
14	Todo mundo sabe que no Brasil não neva	109
15	A hora da estrela	115

Prefácio
de Rubens Gonçalves

Entre mágicos anjos, duendes, fadas e Papai Noel. Entre mula sem cabeça, saci Pererê, bruxas, Cinderela e Branca de Neve, Isabel nos faz passear pelo mundo imaginário, encantado, lúdico e multicolorido de sua imaginação. Coloca em pequenas histórias, vivências transcendentais com uma simplicidade e leveza que nos remete à pureza da infância com seus ensinamentos profundos.

O Natal deixa de ser somente uma data para se tornar um revoar de anjos, que nos atendem nos nossos desejos e anseios. Papai Noel passa de um bom velhinho a um portador de felicidade e compreensão. Deus se personifica e chega procurando em nós a infinita bondade que espera ter frutificado desde sua semeadura, quando nos criou.

Jesus nasce e renasce, nos mais diversos ambientes e sob as mais estranhas situações, mas sempre nos trazendo a certeza de que poderá estar em qualquer lugar quando no milagre se acredita.

Isabel passa da história infantil a citações dos mais diversos personagens. De Nietzsche a Peter Pan, de Carmem Miranda a Iansã, de Xangô a Caetano Veloso. De Ruy Barbosa à Lula, de Altamiro Carrillho à Dilma Roussef, vai nos trazendo a ideia de que o mundo é muito pequeno e que nós somos todos passageiros dessa viagem que começa entre um Natal e outro e que um dia termina para nos tornarmos personagens do próximo Natal.

Nada a acrescentar. Nada a reparar. Somente desejar que todos se sintam, como eu, presos por laços invisíveis a essas histórias e sua magnífica narração. Isabel nos presenteia com mais um livro nos permitindo agora participar um pouco de seu mundo interno repleto de conteúdo e solidez.

Parabéns, parceira!!!

Dr. Rubens Paulo Gonçalves

Médico e escritor, autor de três romances e quatro livros de saúde, é ginecologista e obstetra do Hospital Albert Einstein em São Paulo.

Presépio

1

No Natal, primeiro chegam os anjos.

Entram, como um suspiro, por qualquer fresta de porta ou janela e plantam-se na casa, anunciando a vinda do Salvador, anunciando a chegada, mais uma vez, da possibilidade de redenção. Preparando, enfim, o renascer.

Já estão aqui, os anjos, conosco, há alguns poucos dias.

Ninguém, no entanto, deu pela presença deles. Pois, na casa, estão todos muito ocupados, correndo pra lá e pra cá, com preparativos para a festa.

Os anjos, abandonados, bocejam nos portais.

José e Maria também comparecem.

Trazem nos olhos a angústia dos perseguidos, mas as mãos vêm repletas de generosidade, a essência do amor.

É tão gritante a simplicidade dos sentimentos do casal que eles acabam sempre confundidos com office boys, entregadores de presentes chiques, funcionários do buffet, floristas e outros serviçais que porventura circulem pela casa.

Depois, vêm os reis magos.

Ultimamente, é verdade, os nossos três heróis andam se sentindo um pouco desprestigiados. Afinal, quem ligaria para incenso e mirra, quando as árvores enfeitadas se lotam de tão valiosos tesouros comprados pelos cartões de crédito?

No céu, brilha uma estrela.

Ela é magnífica. Destacada no firmamento, desloca-se em trajetória irregular, diferentemente dos outros corpos celestes, podendo, inclusive, hoje em dia, ser confundida com um OVNI.

No entanto, este é um pensamento tolo. Ninguém vai confundir a Estrela de Belém com um OVNI pelo simples fato de que ninguém nota sua presença.

É uma pena que nesta casa não se tenha tempo para olhar o céu.

Só mesmo eu, um pouco esquecido aqui no meu berço, recebo todo o brilho da estrela, pela vidraça à esquerda.

2

Roberto Jesus

Estava sozinha na cidade grande e sentia-se enjoada, tão enjoada como se todas as suas vísceras fossem saltar pela boca. Pegou um ônibus e, tonta de tão mal, foi ao pronto socorro de um hospital público. Uma médica muito gorda estava de plantão e examinou-a, enquanto ela vomitava a alma. Deu uma risadinha e um comprimido para ela tomar. Ficou lá, jogada numa das macas do corredor, enquanto a doutora saiu um instante, dizendo que ia fazer um teste.

Voltou alguns minutos depois, com um sorriso nos lábios. Maria olhou para ela e pensou, em meio ao seu sedado delírio, que a médica era um anjo, de asas muito largas e brancas. Havia uma luz sobre a cabeça dela, que parecia tornar brilhante seu traje branco e já meio sujo, depois de um dia de plantão. Então a doutora falou:

— Você não tem nada demais, minha filha. Está tudo normal, considerando que você já deve estar, há uns dois ou três meses, carregando um bebê em seu útero.

Maria pulou da maca, assustada.

A médica, compreensiva e acostumada aos muitos dramas da vida que todos os dias circulavam pelo PS, disse:

— Você sabe quem é o pai?

Maria, ainda atônita pela notícia, balançou a cabeça numa negativa.

— Nem desconfia? — insistiu a médica.

Maria pensou que a médica estava enganada. Ela não podia estar grávida. Ela não fizera amor com ninguém...

Saiu do PS ainda zonza e foi para casa, imaginando que aquilo não passasse de um engano. Ela decididamente não poderia estar grávida. Mas, à medida que corria o tempo, sua barriga crescia e seu pavor também. Como poderia ela carregar uma criança se ainda era virgem? Procurou um ginecologista no posto de saúde, explicou a ele, ele a examinou e confirmou: estava de quatro meses.

– Mas doutor – perguntou ela – como pode ser, se o senhor mesmo viu que eu ainda sou virgem?

– Sabe Maria, às vezes não é preciso penetração para engravidar. Se você esteve com seu namorado e ele ejaculou próximo à sua vagina... Bem, é raro... Mas o espermatozóide pode ter entrado e atingido um óvulo... Não existe outra explicação.

Ela sabia que não acontecera nada disso. Tivera apenas dois namorados e tudo não passara de uma troca de beijos e abraços, nada parecido com um clímax sexual, com ejaculação e tudo... O médico balançou a cabeça, sem saber o que dizer, quando ela lhe explicou. Era um homem experiente, imaginou que a menina pudesse ter sido vítima de violência sexual e tivesse, por um mecanismo psicológico de defesa, apagado da memória a experiência.

– Escute, procure lembrar-se... – começou ele com muito cuidado – Ninguém nunca tentou abusar sexualmente de você? Algum parente, em sua casa? Ou mesmo um desconhecido, no ônibus, que tenha se aproximado demais (se esfregado... pensou ele, mas não disse) do seu corpo?

Não. Ela tinha certeza que não.

– Bom, de qualquer maneira, vou pedir uns exames, você faça e volte daqui a um mês para acompanharmos o andamento de sua gestação.

Maria não sabia o que fazer. Seus tios, na casa de quem morava, que tão bem a receberam em São Paulo, ficariam absolutamente consternados com a gravidez da sobrinha e, além disso, jamais acreditariam que ela tivesse engravidado virgem. Seus pais viriam certamente, loucos da vida e cobertos de vergonha, para levá-la de volta à cidadezinha do interior e todos os sonhos dela, de cursar uma faculdade e fazer carreira na capital, estavam agora fadados ao esquecimento. E pensando em tudo isso, ela chorou. Caminhava em direção à casa dos tios, passou em frente ao bar mais concorrido da região e José, o dono do boteco, que tinha acabado de abrir o estabelecimento e estava na calçada contemplando o pôr do sol, viu aquela menina bonita com lágrimas nos olhos e disse:

– Por que choras, Maria? Venha, entre, tome um refrigerante e acalme-se, não vá para casa assim...

Sem saber bem porque ela entrou e sentou-se numa mesa. Meia hora depois tinha contado a José todo o seu drama. Ele coçou a longa barba negra e disse:

– Olha, Maria. Sou bem mais velho que tu. Quantos anos tens mesmo?

– Quinze.

– Eu tenho o dobro. Mas quis o destino que a minha Maria, que era Maria de Fátima, diferente de ti, que és Maria da Glória, me deixasse, morrendo em apenas seis meses, daquela doença maldita. Se queres mesmo ficar em São Paulo, se queres estudar, eu te proponho um negócio: Caso-me contigo, tu cuidas da minha casa e estudas, cuidas de mim, das minhas coisas, e eu fico sendo o pai de teu filho, não importa quem seja ele.

Maria levantou os olhos para ele, assustada.

– Mas por que você faria isso?

– Porque sou um português louco e sempre gostei de ti e porque tudo o que precisas agora é de um marido e tudo o que eu preciso é de uma esposa.

Assim, um mês depois, Maria e José casaram-se numa cerimônia simples, com a presença dos pais dela, que, indignados por sua gravidez, vieram muito bravos do interior, mas acabaram gostando daquele português falante e simpático apesar de que ele, julgavam, havia feito mal para a sua filha.

O casamento deu certo. No começo, Maria era grata a José por tê-la amparado naquele momento difícil, por proporcionar-lhe a continuidade de seus sonhos, mas logo descobriu que o marido era um amante hábil e, quando se deu conta, estava de fato apaixonada por ele.

José herdara dos pais uma pequena panificadora que tratara de transformar em bar, já que gostava da vida noturna e que o boteco era muito conveniente para esconder a sua militância política. Estavam vivendo tempos duros naquele 1970, no Brasil. A ditadura mostrava suas garras e José abrigava, no porão de seu estabelecimento, aqueles rapazes e moças heróicos que se escondiam da repressão e até mesmo aquele monte de livros e panfletos considerados subversivos pelo poder militar.

Na véspera do Natal daquele ano, quando Maria estava prestes a dar à luz, estavam fechando o bar mais cedo, já que iam cear na casa dos tios dela, quando um dos contatos de José, um universitário e líder estudantil, entrou correndo no bar, ofegante e muito nervoso e disse:

– Portuga, temos que dar o fora. Um dos nossos caiu e conhece bem esse ponto. Estou com uma Kombi da empresa do meu pai e posso levar todos vocês para bem longe.

— Acalma-te, ó menino de Deus — respondeu José — levas os teus companheiros e eu fico aqui para esperar os homens. Nós já estávamos mesmo fechando e pretendemos ir passar o Natal na casa dos...

— Que Natal, portuga? Você pirou? Se os macacos vem aqui, arrastam você e a tua mulher para o DOPS e vocês vão passar o Natal mas é pendurados num pau-de-arara para que contem o que sabem...

— Maria está prestes a dar à luz! — protestou José.

—Vamos logo, portuga. Tira os meninos lá de baixo e vem vocês dois com a gente. Vamos sair da cidade. Vou levar vocês para um sítio do meu pai. Pendura aí na porta de ferro uma placa dizendo que o bar está de férias e depois a gente vê o que faz. O pessoal se dispersa, você pode ficar com a Maria no sítio...

— Mas e o meu negócio? E o dinheiro? Pensas que vamos viver de brisa?

— Na Kombi tem um monte de dinheiro que o pessoal do movimento me deu para garantir a sobrevivência dos companheiros. Não discutas. Vamos embora. Eles podem chegar a qualquer momento!

E assim se foram todos, espremidos na Kombi, para fora da cidade. Três dos militantes desceram em cidades próximas a São Paulo, pois iam se abrigar em aparelhos que a organização clandestina mantinha por ali.

Quando já se iam mais de 100 km de estrada, Maria começou a sentir fortes dores e logo o chão da Kombi se encharcou com a sua bolsa rompida.

Cláudio, o líder estudantil que dirigia o carro, não pensou duas vezes. Viu uma porteira, parou o carro. Por sorte, estava fechada apenas com uma corrente, sem cadeado. Ele foi dirigindo pela estreita trilha, no meio do mato, imaginando que encontrariam uma casa mais adiante. Os gritos de Maria doíam-lhe na alma. Adiante, avistou uma construção. Era um estábulo. Parou a Kombi, de frente para a porta, iluminando o interior com os faróis.

Assim, deitada num monte de feno, com o auxílio das duas militantes fugitivas, Maria deu à luz a um menino forte e bonito, exatamente à meia noite.

Nesse momento, quando as moças improvisavam tudo para limpar e envolver o bebê, três homens se aproximaram. Um deles trazia uma espingarda e outro, uma lanterna. Cláudio explicou a eles que estavam viajando e que Maria entrara em trabalho de parto e que, portanto, não tiveram alternativa senão invadir a fazenda. Eles aceitaram a explicação, cumprimentaram José e se afastaram. Quinze minutos depois voltaram, com uma caminhonete, trazendo uma cesta com frutas e um pouco de carne, muitos pães, algumas garrafas de vinho, garrafões de água, uma enorme bacia além de lençóis e toalhas.

– Meu Deus! – exclamou Cláudio – Isso, na nossa situação, é um verdadeiro presente de rei! Quanta generosidade dos senhores!

– Não é nada – disse o mais velho deles – afinal já passa da meia noite e é Natal. Esse menino, nascido no estábulo, está repetindo uma história muito antiga...

Foi interrompido pelo grito de uma das moças:

– Olhem! O que é aquilo no céu? Tão brilhante! Parece um disco voador!

Olharam todos, espantados, para aquele brilho intenso que aparecera, de repente, no estrelado firmamento. Ficou ali por alguns instantes e depois partiu com incrível velocidade, deixando um rastro luminoso no céu.

Maria, deitada no feno, mal refeita ainda das dores do parto, mas carregando feliz nos braços o seu filho, disse a José:

— Ele vai chamar-se Jesus, já que nasceu no Natal. Roberto Jesus, em homenagem ao Roberto Carlos e ao Natal.

Partiram no dia seguinte, mal nasceu o sol, não sem antes agradecer pela hospedagem e se refugiaram no sítio do pai do Cláudio. Um mês depois, Maria, José e o menino Roberto Jesus voltaram à cidade. A polícia política andou aparecendo no bar, fazendo perguntas, incomodando, mas logo desistiu. José era esperto e sempre negou qualquer conhecimento dos movimentos subversivos.

Três anos depois, Maria engravidou de novo e nasceu Thiago Carlos.

Roberto, desde ainda muito bebê, se revelou uma criança dócil, fácil de cuidar e educar. Ia bem na escola, era amável e gentil, generoso mesmo, tanto com o irmão quanto com os amiguinhos.

Maria pôde terminar os estudos, aprendeu inglês e, um dia, ouvindo um sucesso de Billy Paul no rádio, viu seus olhos encherem-se de lágrimas ao se deparar com um verso que traduzia exatamente o que ela sentiu, naquele estábulo, quando lhe nascera o primeiro filho: "How wonderful life is, now you're in the world" (que maravilhosa é a vida, agora que você está no mundo).

Hoje, dia 25 de dezembro de 2003, Roberto Jesus recebe seus parentes e amigos para um grande almoço de Natal, quando se comemora também o seu trigésimo terceiro aniversário. Maria e José, seus pais, estarão lá, felizes como sempre. Thiago, seu irmão, está trabalhando em Londres e veio especialmente para a festa. Roberto ainda está solteiro, mas namora uma moça muito bonita e inteligente, Magdala, e pretende casar-se com ela. Ele e José hoje administram um pequeno império de supermercados, que construíram na última década. São conhecidos por sua imensa generosidade para com os empregados.

Roberto é um jovem bem sucedido, que acredita na distribuição de lucros, que pauta sua vida pelos mais nobres sentimentos, crendo sempre que o trabalho e a tolerância são os maiores dons do ser humano.

Um dia, numa reunião da associação comercial, um colega empresário, assustado com as teorias daquele jovem, lhe perguntou:

– Mas, amigo, por que tanta generosidade assim?

E Roberto Jesus respondeu:

– Ora, porque somos todos filhos de Deus.

3
João de Deus

João, candidato a vereador, oriundo dos movimentos populares, ligado aos "sem teto" e aos moradores de rua, foi fazer suas compras de Natal na Rua 25 de Março.

Naqueles dias, que antecediam a data máxima da cristandade, a 25 batia os recordes de frequentadores, deixando para trás até mesmo a Avenida Paulista, famosa por ter, em seus dois quilômetros e meio de extensão, mais de um milhão e duzentas pessoas circulando por dia e, na época natalícia, mais de dois milhões.

João tinha uma lista razoável de presentes para comprar, a família era grande e a sua esposa, acometida por uma tremenda gripe de verão, não pudera acompanhá-lo na empreitada.

Estava pronto para atravessar a rua, já carregado de pacotes, quando deu um tremendo encontrão em Deus.

– Eba! Desculpe, senhor – disse ele. Mas, imediatamente, percebeu, sem nem mesmo saber porque, que deveria ter dito Senhor com S maiúsculo.

– Não foi nada, não, João. Eu estava mesmo à sua procura. – respondeu Deus.

João ficou imediatamente pasmo, quase assustado. Não poderia explicar como sabia que estava diante do Altíssimo. Mas sabia.

– Nossa, Senhor... O que é que alguém da Sua importância está fazendo aqui, em plena 25, a essa hora do dia?

Deus lhe deu um sorriso celestial, passou o braço em torno dos seus ombros, como se fosse um velho amigo e, atravessando a rua com ele, respondeu:

– Eu adoro vir passear em São Paulo na época do Natal.

– É uma honra conhecê-Lo pessoalmente – disse o atarantado João que, até aquele instante, se acreditara um socialista ateu.

– Esqueça esse negócio de honra, João. Eu sou um sujeito muito mais acessível do que se pensa. Já fez todas as suas compras?

– Fiz, Senhor. Mas foi um inferno... Ops... Desculpe mencionar!

– Posso concluir, então, que temos tempo para um chopinho?

"Nossa," pensou o atônito João, "tomar um chope com Deus?"

Instalaram-se num boteco, pediram dois chopes e umas batatinhas fritas.

João estava constrangido. Está certo que já tinha tido oportunidade, por causa de sua militância política, de conversar até mesmo com o Lula. Mas Deus? Deus era demais para o pobre João.

– Sabe – começou Deus – eu tenho acompanhado de perto o seu trabalho político e tenho percebido a sinceridade do seu coração. Você é um dos poucos políticos neste país que pensa realmente na coletividade.

– Mas, Senhor, nem político eu sou ainda! Sou apenas, dentro do meu partido, candidato a candidato a vereador e as eleições ainda estão longe. Daqui a dois anos, teremos eleições apenas para câmara e... Ah, o Senhor sabe.

– Pois é. Mas é bom você ir se preparando. Porque vai ser eleito. E mais que isso, vai ser deputado federal depois e pode ir ainda mais longe.

– Sou apenas um homem do povo – disse João modestamente.

– Pois é – disse Deus – Este é o problema. Os homens são do povo até serem eleitos. Quando chegam lá, quando assumem o poder, rapidamente se esquecem do povo e se dedicam apenas à manutenção do próprio poder. O Brasil, porém, está precisando de um líder. De um homem, ou de uma mulher, que realmente não se esqueça de que é eleito para trabalhar por quem o elegeu. Você sabe, há dois mil anos, eu mandei um filho meu à Terra para que ele pregasse o amor, a tolerância, o compartilhamento das riquezas, a compreensão... Você sabe, tudo isso que o Meu Filho pregou. E veja, João, o que os homens fizeram em nome dele, veja o que fazem em Meu nome. Guerras. Inquisição. Intolerância. Preconceito. Usam o nosso santo nome para manter poderes e privilégios e o povo continua apenas órfão, apenas sofrido. Agora é Natal. E eu sei da pureza do seu coração. Por isso resolvi vir aqui, tomar umas com você, para te pedir que nunca se esqueça dessa pureza de alma que você tem hoje. Você pode fazer isso por mim, não pode, João?

– É claro, meu Senhor.

– Então temos um acordo – disse Deus estendendo-lhe a mão por sobre a mesa – OK?

– Negócio fechado.

– Bom, se você me dá licença, eu vou indo. No Natal sou muito solicitado. A conta está paga. Termine seu chope e não se esqueça dessa conversa quando você tiver chegado lá, quando você começar a subir, quando ganhar o poder.

E sumiu.

João, já meio tonto por causa do chope no estômago vazio, ficou ali, no bar, olhando o movimento, deslumbrado pela revelação de que, afinal, sua carreira política decolaria, de que ele seria um homem de poder.

Embriagado pelo álcool e pela perspectiva de ser poderoso, levantou-se e saiu para enfrentar a multidão.

Na calçada cheia pensou: "Nossa, é cada louco que a gente encontra nesta cidade."

4

Joana e a volta para casa

A Avenida Paulista se preparava para o Natal. Há anos vinha acontecendo, entre os muitos estabelecimentos bancários sediados na Avenida, uma competição louca pela mais bela decoração natalícia. Assim, para a alegria dos mais de um milhão de transeuntes que, diariamente, cruzavam a Avenida e principalmente para a alegria das crianças, os prédios ostentavam as mais belas figuras da época. Um Papai Noel maior que outro. Todos com movimentos e tocando musiquetas. Pacotes de presentes. Anjos dourados. Guirlandas. Flores. Presépios monumentais. Um verdadeiro espetáculo.

Ora, havia já muitos meses, aquela senhora moradora de rua se instalara no ângulo formado pela floreira que dividia o leito da avenida da calçada. E lá ficara. Dia e noite. Todos os que caminhavam por ali foram se acostumando a vê-la. Ela tinha várias caixas de papelão, estava sempre abrigada por um surrado xale de lã, fizesse frio ou calor. Os cabelos grisalhos indicavam que era bem idosa, pois todo mundo sabe que os cabelos dos negros demoram muito a embranquecer. Alguns lhe davam dinheiro e ela comia, quase sempre de graça, nas muitas carrocinhas de comida que havia na avenida. Um dia, comida chinesa, os yakisobas da vida. Outro dia, comida americana, hot dog com purê de batatas. Comer não era problema numa cidade generosa como São Paulo e, ainda mais, em plena Avenida Paulista. Os donos dos muitos e muitos pequenos restaurantes a quilo que se escondiam nas galerias dos prédios tinham por hábito distribuir as sobras do dia entre os moradores de rua da Paulista. E ela – Joana era seu nome, mas ela já nem se lembrava – ficava por ali, falando alto e gesticulando. Um desavisado diria que ela falava sozinha. Mas ela falava com seus mortos e com suas desencontradas lembranças. Há meses morava ali na calçada. Encontrara o seu lugar ideal. Bem em frente à fachada de um dos mais importantes bancos do país. Todos a viam. Os seguranças, os clientes do banco, os pedestres e até alguns motoristas. Menos o diretor do banco. Explica-se: ele jamais aparecia na avenida. Entrava no banco pela garagem, cujo acesso era na rua ao lado, ia direto para o seu imponente escritório, no último andar do prédio e, se olhasse pela janela, Joana seria apenas uma manchinha na paisagem. Por isso, ele nunca tomara consciência da existência dela.

Acontecia, porém, que o diretor, nos últimos tempos, andava enrabichado pela funcionária responsável pelos eventos da sede do Banco. Saía com ela, três vezes por semana, depois do expediente. Encontravam-se cada dia num motel, com a cumplicidade do chofer do diretor. Por isso é que ele, em pessoa, foi observar a instalação de um Papai Noel, importado dos Estados Unidos e de quatro metros de altura, que estava sendo colocado no jardim do prédio. Fez isso para prestigiar a amante. Foi então que notou a presença de Joana, ali no seu cantinho de calçada. Chamou imediatamente um auxiliar e mandou verificar se aquela mendiga estava ali apenas naquele dia ou não. Ora, o moço chamado nem precisava verificar nada. Estava cansado de saber, como todo mundo, que Joana morava ali na rua e que passava os dias falando sozinha. Mas ordens são ordens. O diretor ficou uma fera. Como? Era inconcebível que uma mendiga morasse, em plena calçada, bem na porta do mais rico banco do país, na mais rica avenida do país. Ela deveria ser removida dali i-me-dia-ta-men-te! Ordenou ao pessoal do RH que entrasse em contato com a secretaria de bem estar social da prefeitura e que dessem um jeito de recolher a coitada da Joana para algum lugar, um albergue, o que quer que fosse, mas tirassem i-me-dia-ta-men-te a mendiga dali, ela ia estragar todo o efeito da maravilhosa decoração de Natal do banco!

Lúcia, a estagiária, foi encarregada da missão. Foi à prefeitura, amargou horas e horas de espera, mas foi recebida pelo assessor do secretário que, é claro, não ia se negar a atender um pedido do diretor do banco. O assessor foi gentil, mas explicou a ela que os albergues estavam cheios, que a prefeitura não tinha autoridade para remover, contra a vontade deles, os moradores de rua. Existia um, explicou ele, lá na Paulista mesmo, que vivia defronte a um dos poucos edifícios residenciais da Avenida, o Paulicéia, há anos.

O condomínio também os procurara porque o tal homem vivia a gritar no portão do prédio, querendo entrar, dizendo que o seu pai morava lá. Mas ele pouco pudera fazer. No entanto, continuava ele, prometia ao Banco que ia entrar em contato com algumas organizações evangélicas que faziam trabalho social voluntário. As mulheres dessas organizações talvez encontrassem um local para onde encaminhar a velha senhora, mas era preciso que esta concordasse.

— E, acredite — disse ele — Ninguém melhor do que essas carolas evangélicas para convencer uma mendiga que ela será mais feliz em algum lugar do que na rua.

Cheio de dedos, disse ainda que pedia encarecidamente a compreensão do diretor do banco, não poderia executar a tarefa, assim, imediatamente, levaria um ou dois dias, mas que a moça ficasse tranquila porque ele entraria imediatamente em contato com o pessoal de uma igreja e acabaria resolvendo a parada.

Lúcia passou, ainda, pela assistente social da secretaria que explicou a ela que Joana era uma das muitas moradoras de rua que, até alguns anos antes, estava internada num manicômio. Mas, com o advento do projeto "Volta Para Casa", instituído por um ministro da Saúde, muitos ex-internos de hospitais psiquiátricos tinham se tornado moradores de rua. A família deles recebia, do governo federal, um salário mínimo mensal para retirar seus doentes dos hospitais e levá-los para casa. Para alguns, mais mansos, dava certo — explicava a assistente social — mas para a maioria não. E eles acabavam engrossando as fileiras dos moradores de rua, mendigos, como se diz popularmente.

Lúcia voltou para o trabalho com o coração apertado. Subiu para a calçada da Paulista pela escadaria da estação do metrô e ficou uns instantes ali, fitando Joana, que continuava, incessantemente, conversando com seus fantasmas.

Nos próximos dias, Lúcia se dedicou a descobrir a história de Joana. Ela estivera, por mais de vinte anos, internada num ótimo hospital psiquiátrico, mantido por uma congregação católica com verbas de donativos e do governo estadual. Mas, com o advento das políticas antimanicomiais, a família a levara de volta para casa. Joana não tivera filhos. Era doméstica e começou a ser mandada embora dos empregos, começou a ter comportamentos estranhos, até que, num posto de saúde, foi tachada de louca e encaminhada para o hospício de Franco da Rocha. A sobrinha, filha de uma irmã de Joana, já falecida, ia visitá-la e não gostava nada do que via. Arrumou, com o auxílio de um político do bairro onde morava, na periferia paulistana, uma internação naquele outro hospital, muito melhor, mais limpo, com tratamento digno e humano, boa comida, essas coisas. Passaram-se duas décadas. A sobrinha casou, constituiu família e, um dia, o marido dela ouviu falar no projeto do governo federal, esse tal Volta Para Casa. Convenceu a esposa que deveriam trazer a tia para morar com eles. Afinal um salário por mês ia ajudar muito no minguado orçamento doméstico. Construiu um puxado no fundo do quintal, onde instalou uma latrina e trouxeram a velha Joana para morar ali.

Ora, Joana era louca, mas não era burra. Logo percebeu que, na casa da sobrinha, passava os dias inteiros sozinha. A sobrinha e o marido saíam cedo para trabalhar e voltavam tarde. Trancavam toda a casa, os armários, cadeado na geladeira, com medo que ela mexesse em alguma coisa. Os filhos do casal iam logo de manhã para escola e passavam a tarde fazendo sabe-se lá o que pelas ruas do bairro. Joana ficava sozinha, jogada no seu cubículo, comendo restos de refeições, sem nenhuma distração a não ser o seu eterno diálogo com os fantasmas. Frequentemente vizinhos, adultos e crianças, vinham espiar "a louca" pela cerca e às vezes jogavam nela latas vazias de cerveja, tomates podres, e até pedras. No seu juízo alterado, Joana percebeu que fora muito mais feliz quando estivera no hospital. Lá, todos os dias tomava banho, todos os dias tinha refeições decentes, conversava um pouco com os doutores (tão bonitos!) e com as freiras que faziam as vezes de auxiliares de enfermagem.

Agora sua vida tinha piorado muito e ela ainda tinha que aguentar o xingamento dos vizinhos e a tristeza que via ir se instalando na cara da sobrinha, por causa dos mexericos e das agressões sofridas. Joana não sabia. Mas havia ainda o preconceito da vizinhança que passou a desconfiar de toda a família de sua sobrinha, qualquer um deles poderia ser louco também...

Um dia, Joana se cansou. Pegou umas caixas de papelão, arrombou a porta da cozinha, roubou um cobertor e um xale da sobrinha, jogou na caixa, ainda, alguma comida que encontrou no fogão e se mandou. Andou por vários dias e por muitos caminhos da cidade. Dormia sob os viadutos, sob as árvores dos canteiros centrais das avenidas. Comia pelas mãos caridosas de anônimos, que lhe davam algum alimento. Até que descobriu aquele cantinho, naquela avenida tão linda, no ângulo do canteiro cheio de frondosos e floridos arbustos e percebeu que, finalmente, chegara à sua nova casa. E ali foi ficando.

Para descobrir toda essa história, Lúcia, a estagiária teve um trabalhão e acabou indo bater, numa noite, na casa da sobrinha de Joana, que terminou de lhe contar o drama da tia.

– Olhe, Dona Lúcia – disse a sobrinha – Para aqui em casa a minha tia não pode voltar. Não vá a senhora pensar que eu sou um monstro, insensível. A senhora pode conferir. Tenho boletim de ocorrência do desaparecimento dela. Fiquei desesperada quando ela fugiu e, todos esses meses, tenho rezado pedindo a Deus que a ampare, agora estou aliviada sabendo que ela está bem, lá na porta do seu banco, essas coisas. Briguei com o meu marido, ele até me bateu. Porque ele, a senhora sabe como são os homens, não queria que eu fosse à polícia com medo de perder o salário da Tia Joana. Mas eu fui. Não adiantou nada, é claro. Imagina se a polícia, que nem dá conta dos bandidos, ia dar conta de achar uma velha louca, e negra ainda por cima, nessa cidade enorme. Passei todos esses meses me sentindo culpada pelo destino da minha tia, a senhora sabe, que a gente só trouxe para morar aqui por causa do dinheiro. Mas não tem dinheiro que pague isso não, moça. A coitada da tia Joana é louquinha. Fala sozinha o dia inteiro. De noite, grita. Acorda a vizinhança e, de dia, eles vem aqui jogar coisas nela, olhar ela falando sozinha. Eles riem, debocham da coitada, uma humilhação. E os meus meninos, na escola, também sofreram. Os coleginhas começaram a evitar eles, diziam que tinha sangue ruim na nossa família, que não queriam ser amigos de gente louca, de família louca. Foi um pesadelo. E a velha aí sozinha o dia inteiro, jogada neste puxado de quintal. Olha, eu ganhei um salário por mês, mas perdi a minha paz. Pode levar ela de volta pro hospício, seria um grande favor. Lá no Dois Irmãos ela viveu muito bem durante vinte anos…Até esse ministro do inferno inventar essa história de dar dinheiro pra quem levar seu louco pra casa…

No banco, Lúcia levou uma dura de sua chefe, por estar perdendo tanto tempo para resolver um problema tão simples quanto livrar-se de uma mendiga maluca.

Mas a estagiária já tinha se envolvido até os gorgomilos e queria achar uma solução decente para a vida de Joana. "Ela é um ser humano, meu Deus. E o pessoal do banco a trata apenas como um estorvo, um problema na decoração de Natal. Posso perder o emprego, essa porcaria de estágio nessa porcaria de banco" – pensava Lúcia – "mas agora, com bronca ou sem bronca da chefe, eu vou resolver isso."

No dia seguinte à visita à casa da sobrinha de Joana, Lúcia foi procurada por uma senhora evangélica. A senhora lhe explicou que já conversara com Joana, mas que fora uma conversa de surdos. Joana não entendia o que ela dizia. E nem ela, nem a Igreja, nem a secretaría, nem a polícia, ninguém poderia remover Joana dali, sem o seu consentimento ou sem uma ordem médica. Portanto, a ordem médica seria a única solução, explicava a evangélica. O pastor estava, é claro, empenhado em resolver o problema para o secretário que estava empenhado em resolver o problema para o diretor do banco. Mas elas teriam que encontrar um psiquiatra que se dispusesse a examinar Joana e que conseguisse encaminhá-la para algum hospital psiquiátrico público, o que, hoje em dia, era quase impossível. Mas a evangélica prometeu tentar e se despediu.

No fim daquela tarde, todos os funcionários do andar evitavam sequer olhar para a Lúcia ou para a sua chefe. O diretor tivera um ataque, ameaçara demitir a chefe de Lúcia se ela não resolvesse o problema, que atrapalhava a decoração de Natal, até a manhã seguinte. Lúcia saiu do banco humilhada, pegou o metrô, o trem, um ônibus e, três horas depois, estava batendo à porta do hospital psiquiátrico onde Joana vivera duas décadas. Foi recebida por um padre – um irmão, como eles diziam – e desfiou o rosário das angústias que estivera vivendo nos últimos dias por causa de Joana:

— Padre, concluiu ela, a outra opção que a evangélica me deu é a de remover imediatamente a coitada da Joana, numa Kombi da Igreja, para um bairro bem distante e deixá-la lá até que achassem uma solução. Ora, eles acabariam esquecendo a pobre coitada lá e nem seria o lugar, na rua, que ela escolheu...

O irmão comoveu-se diante da dedicação de Lúcia. Disse que o atestado poderia ser facilmente conseguido com um dos médicos que estava de plantão, mas que ele não tinha transporte e não tinha também verba para mais uma interna. Ele precisaria de uma ajuda, as despesas eram altas e...

— Quanto?

— Ah, uma doação ao hospital no valor de uns quatrocentos reais mensais já bastaria...

Lúcia pensou que arrancar quatrocentos reais por mês do banco seria uma aventura e provavelmente fadada ao infortúnio. Num lampejo, disse:

– Padre, eu moro com os meus pais. Ganho 1300 reais por mês no banco, gasto tudo na balada, em roupas, cosméticos, essas coisas... Porque a sobrevivência meus pais garantem. Eu me comprometo a doar os quatrocentos reais ao hospital enquanto Joana viver.

– E o transporte?

– Eu me viro. Trago ela amanhã logo cedo.

Assim, extrapolando em muito os seus deveres profissionais, Lúcia chegou à Avenida Paulista, no dia seguinte, antes do amanhecer, a bordo do táxi de um amigo que morava no seu bairro. Mal sabia como fazer para colocar Joana no carro.

Joana dormia. Ela tocou de leve em seu ombro:

– Dona Joana?

A velha abriu os olhos. Lúcia sorriu.

– Esse é o meu nome, né moça? Joana. Joana é o meu nome.

– É, sim senhora. A senhora não quer vir comigo?

– Ir aonde?

– Pra casa.

– Ah, eu quero sim.

E foi desta forma que, no começo do expediente, depois de ter deixado Joana no hospital e agradecido muito ao amigo taxista por sua boa ação, Lúcia entrou na sala da chefe e disse:

– O "problema" da decoração de Natal está resolvido.

Recebeu por resposta apenas um "muito bem" e foi para o seu computador.

O marido da sobrinha de Joana ainda sacaria por vários meses, no banco, o salário mínimo do programa Volta Para Casa. Afinal, até que burocracia fizesse chegar ao ministério a comunicação de que Joana fora reinternada, passar-se-iam muitos e muitos meses.

Lúcia, que resolvera pagar aquela conta por uma súbita inspiração de generosidade, contribuiria com o hospital por cinco anos, até a morte de Joana. Não teria problemas para isso porque estava escrito que ela só teria sucesso na carreira e logo seria efetivada e, depois, promovida.

O diretor jamais soube como fora resolvido o problema. A evangélica e o secretário nunca mais se lembraram do caso.

E Joana teve, por fim, naquele Natal, a sua volta para casa.

5
A tristeza de Deus

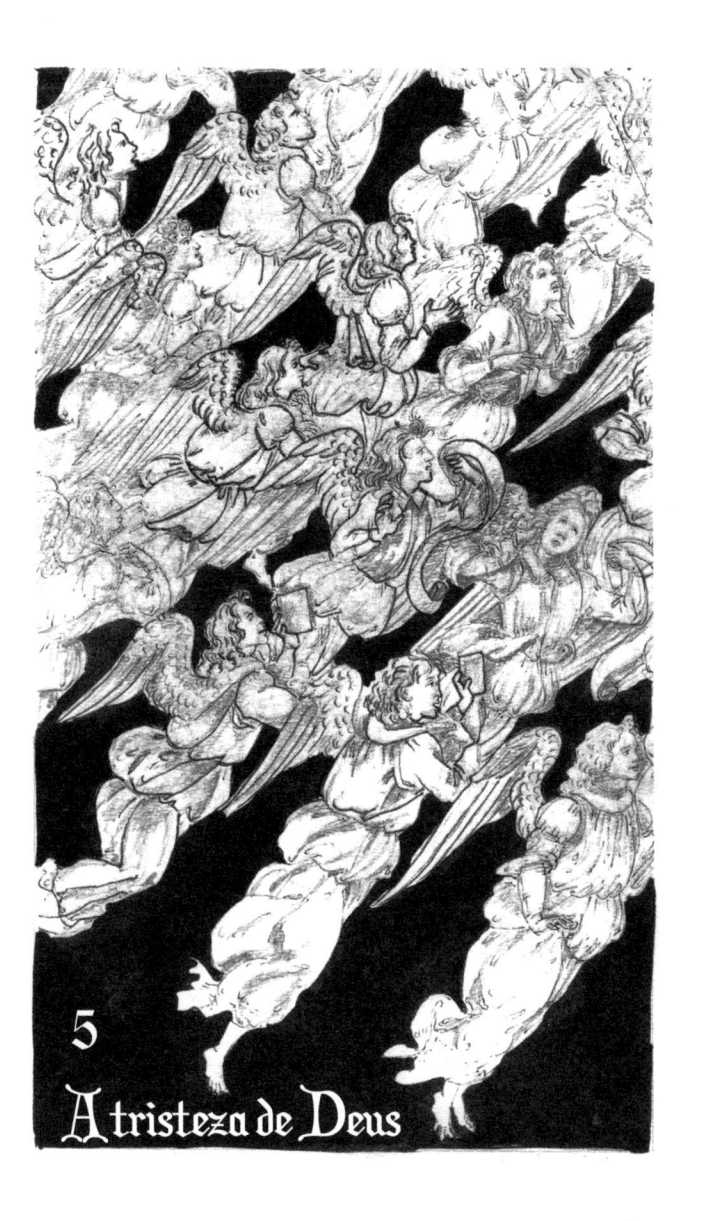

Pela contagem de tempo dos homens, era de novo Natal nos países cristãos do terceiro planeta do sistema solar.

Nesse ano, Deus tinha um tempinho de sobra e, por isso, resolveu ir pessoalmente dar uma espiada nas festas.

É claro que Ele está sempre presente no coração das pessoas, mesmo aquelas que nem acreditam na Sua existência e é claro que Ele sabe de tudo o que se passa nas muitas formas de vida que criou pelo Universo afora. No entanto, até para Deus, estar presente pessoalmente é diferente de existir apenas em essência. Daí, lá se foi o Senhor passear pela Terra naquele Natal.

Procurava ele algum lugar onde houvesse as condições ideais para a Sua manifestação. Seria um milagre e um presente de Natal para quem houvesse criado realmente aquele clima de renovação e esperança que, todos sabem, deve existir na comemoração do nascimento de um de Seus filhos.

Travestido em ser humano, Deus saiu a passear pela grande megalópole de São Paulo, Brasil, América do Sul, à procura desse alguém.

Suas narinas imediatamente foram atingidas pelo extremo fedor da cidade. Uma mistura de gasolina, óleo diesel, álcool combustível, enormes depósitos de lixo de toda a espécie, detritos industriais, cheiro de corpo, etc. Porém, o que mais desagradou ao Senhor foi o cheiro das favelas, o cheiro da miséria que campeava solta em tantos e tantos bairros da metrópole.

As pessoas nas ruas pareciam frenéticas, correndo para lá e para cá, os corações ocupados com os mais variados sentimentos. Ansiedade aos montes, muita preocupação com presentes de Natal, falta de dinheiro, desempenho nas festas, decoração de mesas e ambientes, planos para férias longas ou curtas. Na alma daqueles que iriam comemorar o nascimento de Cristo, Deus muito encontrou preocupação com futilidades, competição e status.

Caminhou pelos centros de compras, admirou as belíssimas composições de enfeites e os mais variados tipos de imagens do Papai Noel, que se espalhavam por toda a parte. Ficou encantado ainda com o capricho dos presépios, dos mais simples aos mais sofisticados, que reproduziam a cena do nascimento de Seu filho.

Como, apesar do clima de festa e dos inúmeros objetos de decoração, não conseguiu encontrar, em parte alguma, o verdadeiro espírito de Natal, resolveu tentar nos templos religiosos. Nestes também havia preparativos e certa ansiedade. As igrejas se enfeitavam, os sacerdotes se preparavam, os altares se glamorizavam, tudo visando a celebração da Missa do Galo. Freiras se trombavam pelos corredores dos templos, ansiosas e apressadas, carregando batinas engomadas, toalhas de renda, cestas de ofertas. Mas neca do Espírito de Natal.

Tentou então os templos evangélicos, aqueles que acreditavam que Cristo nasce todos os dias e que não há sentido em comemorar o Natal. Mas os bispos e pastores estavam ocupados demais com as coletas de fim de ano, afinal precisavam urgentemente fechar com glória o orçamento desses doze meses.

Ainda era dia 23 e Deus sabia que muitas empresas realizavam festas de Natal. Quem sabe, entre os trabalhadores? Mas entre estes encontrou apenas o puxassaquismo, a preocupação com promoções e melhores ganhos, hipócritas tapinhas nas costas e falsos sorrisos.

Um pouco decepcionado, tentou os bairros mais pobres. Lá havia muita revolta pela falta de dinheiro para adquirir as maravilhas de Natal anunciadas na televisão, muita tristeza por vítimas recentes da violência cotidiana, muita inveja, rancor e ressentimentos pela situação de injustiça social.

Assim, o dia ia terminando e Deus caminhava pela calçada de uma grande avenida, ainda incomodado pelo mau cheiro dos automóveis e pensando que, em algum lugar, deveriam estar a Esperança e o Espírito de Natal. Mas, onde?

Travestido em ser humano, Ele não podia adivinhar, simplesmente, onde estariam essas duas figuras que, desde cedo, Ele procurara entre os seres viventes daquela cidade. O clima era de festa, mas havia dor e desencanto nos corações de todos. Os sorrisos falsos, a encenação de uma alegria de superfície, a ausência do verdadeiro Espírito de Natal, tudo isso estava entristecendo a Deus.

O sol se punha no horizonte, atrás da montanha de prédios, e o Senhor estancou por um instante sua marcha para melhor apreciar o belo espetáculo de cores do poente.

"Caprichei mesmo nesse planeta," pensou o Soberano. "Apesar de os homens se julgarem capazes de destruir a minha Obra, eis que ela aqui se revela, nesse estonteante espetáculo de cores do crepúsculo."

"Mas talvez" refletiu Deus "a esperança esteja entre os pequeninos; quem sabe uma nova consciência da importância de tudo o que está vivo e da extrema interdependência que existe entre os seres, humanos ou não, esteja nascendo, afinal, no coração das crianças."

Logo adiante havia uma escola e Deus entrou, sem ser percebido, confundindo-se com as muitas pessoas que por ali circulavam. As aulas estavam suspensas e, no anfiteatro da escola, acontecia a Festa de Natal de alunos, pais e professores. Deus apurou os olhos e fitou cada uma das crianças que lá estavam, à procura da Esperança e/ou do Espírito de Natal na alminha delas. No entanto, as tais alminhas estavam também contaminadas pelo espírito da competição, pelo consumismo e até pela inveja.

"Satanás trabalha bem nessa terra." pensou Deus. "Será que de nada adiantou o sacrifício do meu filho? Será que nada restou das mensagens, ensinamentos, parábolas que ele tão bem cunhou como herança para esse povo?"

Então rapidamente Deus se lembrou do quanto a memória humana é fraca e de quanta distorção havia sido colocada nos evangelhos. Lembrou-se ainda de como as muitas religiões tinham praticado a intolerância, a usura, a maldade e até a tortura e o assassinato, agindo em Seu Santo Nome.

Na verdade, das poucas vezes em que viera a este planeta e fora visitar os templos religiosos, Deus se lembrava de ter ficado profundamente irritado com a arrogância daqueles que se diziam seus representantes e que, de fato, só queriam aprisioná-Lo dentro de seus estreitos dogmas e paradigmas. "Como se Eu pudesse ser presa desses pequenos seres que raramente sabem o que fazem," refletiu o Senhor.

Saiu rapidamente da escola e foi procurar, já noite, a Esperança e/ou o Espírito de Natal nos hospitais. Neles encontrou doentes e parentes de doentes que rezavam, ardentemente, pedindo a Ele que os livrasse de suas dores; encontrou centenas de pessoas abnegadas que deixavam de lado as comemorações de todos para se dedicar aos que sofriam. Mas, ainda assim, dentro de suas almas, Deus via os sentimentos negativos, a inveja, a cobiça, a supervalorização do ego, exatamente como encontrara em outros lugares.

Tentou ainda as delegacias de polícia e as cadeias em geral. Missionários pregavam a bondade, falando em Seu nome àquelas almas supostamente perdidas; funcionários davam duro se revezando em plantões quando as outras pessoas se revezavam em festas. Mas ali também, nem sinal da Esperança ou do Espírito de Natal.

E assim foi Deus, de lá para cá, entrando em residências, repartições públicas, empresas, fábricas, lojas, templos, salões de beleza, em todos os lugares. Passou toda a antevéspera e todo o dia da véspera de Natal nessa peregrinação. Encontrou muita gente boa, bem intencionada e sincera, no meio de muita gente falsa e maldosa. Mas em lugar algum encontrou a Esperança e o Espírito de Natal, que Ele julgara estarem presentes nessa época de festas, quando se comemora o nascimento de Seu filho. Todas as almas, até as melhores, pareciam ter se contaminado de alguma forma pela competição materialista de que se revestira o Natal.

Já começavam nas casas as festas e se aproximava a hora da ceia quando Deus resolveu que teria, afinal, que ter uma conversa séria com seu arquiinimigo, o Diabo. Como Satanás gosta dos altos montes, Deus resolveu subir ao terraço de um grande edifício para, de lá, convocar o Demônio e ter com ele uma conversa muito, muito séria. Deus não estava nem um pouco disposto a permitir que o diabo continuasse a emporcalhar os sentimentos dos humanos, com tanta inveja e materialismo, mas também não estava nos Seus planos mandar o Espírito Santo criar um novo Cristo. Um, para essa terra, em dois mil anos, já deveria ser mais que suficiente. Mas o demônio estava passando dos limites. Como conseguira ele impedir que os anjos, que sempre chegam primeiro no Natal, viessem à Terra soprar pensamentos de amor e tolerância nos ouvidos dos humanos? Deus estava perplexo por não ter encontrado nenhum anjo nesses dois dias que passara na Terra. E nem sinal da Esperança ou do Espírito de Natal. Ah, Satanás ia ter que se explicar! Como fugira dessa maneira às regras? Era ele, o diabo, que andava insuflando o materialismo global, a competição desmedida, a intolerância, a supervalorização do ego, a vaidade do poder... E em pleno Natal! Era um desaforo.

Muito bravo, Deus escolheu um alto prédio no bairro do Itaim, para, do heliporto, convocar Seu inimigo para um acerto de contas. Pegou o elevador e estava no meio da subida, quando tudo escureceu e o elevador parou. Imediatamente, ouviu a voz da ascensorista:

– Não se preocupe, meu senhor. Isso tem acontecido sempre nos últimos dias. Esse bairro tem tido problemas com o abastecimento de energia. Mas possuímos gerador próprio e logo tudo se normalizará.

– Você vai ficar aqui trabalhando? – perguntou Deus à moça. – Não vai para casa comemorar o Natal?

– Não senhor. Hoje há um evento aí na cobertura, o senhor sabe, eles estão dando uma baita festa de Natal. Além da hora extra, vou receber também uma gorda gratificação e, o senhor sabe, sou pobre e esse dinheiro é muito bem-vindo. Com ele, vou poder pagar algumas contas atrasadas e garantir o material escolar da minha filha, no ano que vem. Nossa! Como estão demorando hoje para ligar o gerador!

– E a sua filha, vai passar o Natal sem você?

– Ah, mas ela já entende, sabe? Ficou na casa da avó, lá em Heliópolis. E ela sabe que amanhã é um dia mais importante que hoje, amanhã é que é o dia do nascimento de Nosso Senhor Jesus Cristo e, se Deus quiser, nós vamos fazer um almoço caprichado lá em casa, só eu e ela, para comemorar. O senhor é cristão?

– Sou sim, minha filha. Mas só você e ela? E o pai dela?

A ascensorista riu:

– Esse sumiu no mundo logo que eu fiquei grávida. Já faz oito anos.

– E você não tem ninguém, além dela e da sua mãe?

– Meus irmãos estão presos. O senhor sabe: mexiam com drogas. Meu pai morreu já faz tempo e a minha mãe é cozinheira de uma casa grande nos jardins. Amanhã ela vai trabalhar, fazer o almoço de Natal dos patrões.

Nesse exato instante a luz acendeu e o elevador retomou a subida. Deus viu, no colo da ascensorista, um livro: *O Amor nos Tempos do Cólera*, de Gabriel Garcia Márquez.

–Você gosta de ler? – perguntou Ele.

— Ah, gosto muito. E aqui, nesse trabalho, sempre dá pra ler um pouco.

O elevador parou e a porta se abriu para o elegante hall da cobertura. Havia música e um alegre burburinho de muitas vozes, tilintar de cristais.

— Pronto, moço, é aqui.

— Não — disse Deus — Eu não vou à festa. Vou ao heliporto.

— Mas já é noite — retrucou a ascensorista.

— Mas é lá que eu vou.

A moça fechou a porta do elevador e olhou para Deus, bem dentro dos olhos d'Ele:

— O senhor não vai fazer nenhuma besteira vai? Bem que eu notei o seu semblante triste. Não está pensando em se atirar lá de cima bem na véspera do Natal, está? Não faça isso — disse ela com energia e apertando o botão do térreo — Eu não vou permitir. Sempre há uma esperança, eu não sei qual é o seu problema, mas tudo tem solução na vida, moço.

Deus sentiu uma sinceridade tão grande nas palavras dela, que lágrimas vieram-Lhe aos olhos.

Quando ela viu os olhos d'Ele marejarem, tomou uma decisão. Estancou o elevador. Se chegassem convidados, que esperassem. Aquele homem sem dúvida estava precisando de ajuda e ela não se negaria a ajudá-lo. Se o patrão a despedisse ou tirasse a sua gratificação por isso, que se danasse! O que era, afinal, o dinheiro diante de uma vida? Naquele momento ela teve certeza de que ele ia mesmo se matar.

— Olhe, o senhor vai me prometer aqui e agora, vai jurar por Deus, que vai mudar de ideia. Nada pode ser tão ruim assim que faça o senhor querer tirar a própria vida e ainda mais na véspera de Natal! Eu não sei o que aconteceu na sua vida, mas o senhor está aqui, vivo e com saúde. Pode recomeçar, reconstruir. Se o senhor perdeu um amor, vai achar outro. Se perdeu todo o seu dinheiro, pode ganhar tudo de novo. Creia em Deus, tenha fé. Olhe, se o senhor está muito sozinho, eu dou um jeito de o senhor ficar aqui no prédio, tem o quartinho do zelador, lá tem TV e eu posso emprestar o meu livro, o senhor fica aqui até acabar o meu turno, depois eu levo o senhor pra minha casa e amanhã o senhor almoça comigo e com a minha filha. A gente fica conversando, o senhor vê outras pessoas, outros ares... Por favor, não se mate! Deve haver alguém que o senhor ame, que ame o senhor...

— Minha filha, você é muito boa pessoa. Eu já estou até me sentindo melhor – respondeu Deus, entrando na dela. – Mas... Levar-me para a sua casa? Você nem sabe quem sou eu. Posso ser um bandido, um maníaco...

— O senhor? – riu ela – Nem pensar! Só de olhar a gente já vê que o senhor é uma boa pessoa. Eu não quero me meter na sua vida, só quero que o senhor mude de ideia e não se mate. Amanhã é outro dia.

— Vamos lá, minha filha. Mova esse elevador antes que apareça alguém querendo subir e vá reclamar do seu serviço. Você já me ajudou, tenha a certeza.

— Olha, moço, o senhor pode ir procurar ajuda lá no HC ou telefonar para o CVV de um orelhão. Ou melhor, se o senhor está sem celular, posso emprestar o meu... Se o senhor está desesperado, saiba que tem gente ainda pior que o senhor e todo mundo sempre encontra ajuda, de um jeito ou de outro.

— Você já me ajudou, minha filha. Vamos, mova logo esse elevador. Deve ter gente lá embaixo querendo subir.

— O senhor jura por Deus que não vai mais se matar?

— Juro.

— Então eu acredito. Mas se quiser ir almoçar com a gente no dia de Natal, é só vir aqui lá pelas cinco da manhã, quando eu vou largar o trabalho e a gente pode ir junto.

— Não, eu lhe agradeço muito, mas você já me ajudou. Você tem razão. Amanhã é outro dia e tudo vai melhorar. O meu momento de fraqueza já passou.

Ela abriu um lindo sorriso, deu-lhe um tapinha amigável na mão e fez descer o elevador. Disse ainda: — Tenha fé em Deus e tudo se resolverá, o senhor vai ver.

Quando a porta se abriu, uma multidão de grã finos invadiu o elevador e ela mal O viu sair.

Lá fora, Deus olhou para o céu. Era uma noite quente e clara. No alto do prédio, nem sombra do Demônio. Uma grande paz invadiu o coração do Senhor e ele viu, descendo por entre as estrelas, uma multidão de anjos e, com eles, a Esperança e o Espírito de Natal.

— A minha condição humana me enganou — concluiu Deus. — Era Eu quem estava olhando pelos olhos deles.

E, em paz, despiu-se de seu provisório corpo e alçou voo para a constelação de Andrômeda, onde estava sendo esperado.

Na Terra, finalmente, era de novo Natal.

A enésima chance   6

Nós eliminamos todos eles. – dizia o presidente ao Conselheiro Galáctico – Foi uma coisa natural, não um genocídio, entenda-me bem. Foi uma coisa piedosa e de grande valia pra humanidade naquele momento. Eliminamos do mal humorado ao canibal assassino. Setenta anos depois da queda do socialismo e do muro de Berlim tínhamos decifrado todo o código genético. Nossos computadores pessoais liam e reliam qualquer indivíduo ou futuro indivíduo. Começamos a eliminar traços indesejáveis. Primeiro as tendências. Tendência ao diabetes, ao mau humor, à tensão pré-menstrual, à preguiça, à depressão... Bom, mas o conselheiro pode acessar qualquer registro histórico do Planeta Terra e acompanhará, passo a passo, se tiver paciência, a evolução do controle genético na Terra. Importante é dizer como terminamos. Terminamos assim: Apenas dez milhões de seres humanos sobre o planeta (nós que já fomos dez bilhões!); animais antes extintos redivivos a partir de clones de seus fósseis; florestas recompostas... E uma média de quinhentas e cinquenta máquinas para cada pessoa.

– Ah... Conselheiro – continuou, quase suspirando, o presidente – É um espetáculo maravilhoso participar do resumo virtual da história da recomposição da Terra. É lindo ver como as cidades de outrora e seus monstros arquitetônicos foram reduzidos a pó e seus átomos compactados... É emocionante, mesmo para um velho como eu, ver como nossos antepassados replantaram e replanejaram toda a flora original dos cinco continentes da Terra, transformando-a, em cem anos, no paraíso que ela é agora. Recuperado o equilíbrio ecológico, recuperados os animais a partir de clones de seus fósseis, eles hoje vivem tranquilos e serenos no paraíso que construímos. Reproduzem-se em paz. Como as plantas.

O Conselheiro ouvia atentamente. O presidente se entusiasmava com seu próprio discurso:

– Ah... E os jardins! Nossos jardins são imensos templos de beleza, vida e perfume. Ainda podemos apreciar a beleza, nosso senso estético também foi aprimorado. É um dos nossos raros prazeres e desafios, criar mais beleza na Terra, mais arte. E mais conhecimento. Demoramos um pouco a entender o caminho da arte para o conhecimento, por centenas de anos julgamos a arte e a ciência duas coisas muito diversas. Quanto à sociedade... Os grandes problemas de outrora foram resolvidos, a superpopulação, a diferença de classe social, a necessidade de serviçais, operários, técnicos... As máquinas são nossos serviçais. Na verdade, cada indivíduo hoje, na Terra, vive como rei. Tudo lhe é provido. Temos tudo pra atingir a sonhada felicidade, mas ela não é para nós nada além de uma palavra vazia...

– Vazia? – estranhou o outro.

– O irônico – prosseguiu o presidente – para uma raça como a nossa que, durante milênios, desprezou e vilipendiou os animais é que, de certa maneira, cheguemos a invejá-los agora, porque eles sim usufruem do paraíso que reconquistamos em nosso planeta. Nós, porém, nada temos a conquistar, a desvendar, a esperar, a desejar: Tudo nos é provido por nossas máquinas, tudo é possível, tudo é permitido. Vivemos como reis, repito, se comparados aos nossos antepassados.

Nas histórias deles, porém, encontramos uma força, uma paixão, que não mais conseguimos reproduzir em nossas vidas. Certa loucura que talvez tenhamos eliminado com nossas manipulações genéticas... Não sei...

O presidente deu um suspiro.

O olhar do Conselheiro Galáctico pousou sobre ele, interrogativo.

A mais alta autoridade da Terra pigarreou, sem graça, surpreendido num suspiro, e continuou:

— Sendo, assim, Conselheiro, os cidadãos da Terra, em consenso de maioria, decidiram que não mais se reproduzirão. Nem por clones, nem por fecundação. Estamos cientes de que chegamos ao fim, como raça. E, portanto, viemos até este alto conselho pedir a permissão para violar uma das normas da Federação de Planetas Unidos. Nós gostaríamos de retroceder.

O Conselheiro não engasgou, como, secretamente, esperava o presidente. Ao contrário, não pareceu sequer surpreso.

— E, senhor presidente, como os terráqueos imaginam esse retrocesso?

— Bem, poderemos clonar seres humanos do passado. Há fósseis. Há múmias... Foi exatamente isso que fizemos há dois séculos quando começamos a clonar os animais extintos. Podemos clonar nossos antepassados a partir de células fósseis preservadas em seus objetos de uso pessoal. Clonaremos os gênios antigos. Conseguiremos recuperar alguns genes de algumas características que eliminamos e que agora nos fazem falta. Estamos nos tornando apáticos. Muitos de nós já têm morrido de inanição, de inação na verdade. Talvez a loucura, a estupidez, a insanidade social... Talvez essas ou outras características humanas, como aquele velho hábito social – a fofoca, se é que o senhor já ouviu falar nisso – talvez...

O presidente da Terra comentou novamente o lapso do suspiro, mas logo se recompôs:

–... Talvez qualquer uma dessas características que eliminamos, ou todas elas juntas, possam nos salvar.

O Conselheiro olhou fixamente nos olhos do presidente:

— Reunirei o conselho e estudaremos a questão. Está claro que vocês não poderão deliberadamente retroceder como raça. Não há como quebrar as normas do evoluir.

Mas o conselho poderá considerar que a proposta de vocês significa uma evolução e não um retrocesso.

– Perdoe-me, conselheiro, mas... Como? Afinal, passamos trezentos anos limpando a nossa natureza humana e, agora, somos obrigados a vir pedir permissão para negar tudo o que fizemos...

– Ora, terráqueo, evoluir não é andar para frente. Pode-se voltar atrás às vezes, não?

– Havia sentimentos antes – disse o presidente com o olhar perdido no vácuo – que não eram apenas o júbilo e a alegria que hoje sentimos ao atingir mais uma meta do nosso conhecimento ou mesmo a alegria fugidia do sexo... Vivemos apenas para preservar os conhecimentos e a beleza. Mas para quê? Sabemos que os sentimentos (pois os conhecemos da Literatura e de outras formas de arte), mesmo os indesejáveis, moviam a vontade humana. Hoje parecemos padecer de ausência de vontade. Conselheiro, precisamos da autorização!

– Sossegue, presidente, certamente vocês a terão.

Assim, pelo antigo calendário cristão da Terra, no dia 25 de dezembro de 2399, nasceu o primeiro clone do primeiro ser humano recuperado do passado. As células fósseis, que depois de revividas, deram origem ao clone, haviam sido retiradas de um trapo velho guardado nos museus. Não que fosse uma peça importante, era algo relativo a uma religião esquecida há uns duzentos anos, mas preservara, acima da lógica, de uma forma superior aos demais materiais, suas células fósseis. Fora, aliás, por um acaso absoluto que os cientistas descobriram a preservação superior dos fósseis daquela peça de tecido esfarrapado. Já haviam clonado alguns seres a partir de materiais recolhidos em museus. Por exemplo: os pintores Picasso e Dali, (havia células fósseis preservadas entre as camadas de tinta de suas obras); Zelda e Scott Fitzgerald; Fred Astaire; Isadora Duncan; Cole e Linda

Porter; Isabel Vasconcellos; Indira Ghandi; John Kennedy e Lennon, por exemplo, todos tinham alguma coisa em museu. Ou uma roupa, um manuscrito, qualquer objeto que guardasse células fósseis... Clonaram esses e muitos outros, todos outrora considerados gênios, mas também loucos.

Mas o primeiro ser humano a despertar (abrindo uns límpidos olhos de mel) foi aquele fruto do acaso. Aquele líder religioso esquecido. O sudário, como fora identificado desde a proveta.

Talvez porque ele sempre soubesse como ressuscitar.

Talvez porque ele tivesse sido, na História, o primeiro a acreditar no princípio da Enésima Chance.

Pedidos de Natal

7

Magdala

Magdala era o seu nome de guerra. Na verdade, chamava-se Magdalena e nascera numa pequena cidade do interior do estado.

Seu pai era mestre de obras e sua mãe cuidava da pequena casa onde viviam. A vida não era muito fácil, já que o casal tinha, além dela, mais quatro filhos, dois homens e mais duas mulheres. Os meninos começaram cedo a trabalhar. Um era mecânico de automóveis, profissão que aprendera com um vizinho da família, que tinha uma pequena oficina. Outro foi trabalhar como empacotador de um supermercado, o primeiro estabelecimento do gênero que se instalara na pequena cidade. A irmã mais velha arrumou um lugar de recepcionista com um dos médicos que tinha consultório no bairro e a do meio era babá na casa de uma das famílias mais tradicionais da região. Só Magdalena, a caçula, apenas estudava e via televisão a tarde inteira.

Foi na televisão que descobriu seus sonhos. Sonhava com as mais belas roupas, sonhava com os automóveis luxuosos, sonhava com cabeleireiros e institutos de beleza, sonhava com a Rua Oscar Freire.

Quando a primeira lan house se instalou na cidade, Mada foi uma das primeiras frequentadoras. Bonita e charmosa, insinuou-se para o dono do lugar e logo ele concluiu que aquela morena poderia ser um excelente chamariz para o seu estabelecimento. Assim, ensinou a ela os mistérios do computador e, em troca da recepção aos clientes que ela fazia todas as tardes e começos de noite, era permitido a ela navegar pela Internet sem pagar.

Foi na Internet que ela acabou conhecendo um rapaz com quem frequentemente conversava num site de relacionamento. E, ingenuamente, contou a ele seus sonhos.

Estava meio velha – tinha 17 – para ser modelo, mas sonhava em conseguir um trabalho na capital e subir na vida, poder andar nos carrões que via nas novelas de TV, poder fazer compras no Iguatemi e na Oscar Freire...

Ele – Demóstenes era seu nome, Demo, o apelido – prometeu que, no ano seguinte, quando ela completasse 18 anos, mandaria uma passagem para que ela viesse trabalhar em São Paulo. Ela não era a recepcionista da lan house? Poderia ser recepcionista na empresa dele, que atuava no ramo de entretenimento.

Naquele ano, Mada concluía seu curso de segundo grau. A família fazia discreta pressão para que ela afinal, a exemplo de seus irmãos, conseguisse um emprego. Então ela anunciou que, ao completar 18 anos, em fevereiro, viajaria para São Paulo, onde já conseguira um trabalho e, na capital, se prepararia para prestar vestibular.

Para seus pais, e até para os seus irmãos, era difícil ver partir para a cidade grande, tão cheia de perigos, a caçula da família. Mas, na simplicidade dos seus sentimentos, todos compreendiam que aquela menina era especial, que tinha um destino a cumprir, diferente e talvez mais grandioso do que as felizes rotinas de seus irmãos.

Então, como acontece a tantas moças ingênuas e sonhadoras, um dia Mada desembarcou em São Paulo para descobrir que o emprego que a esperava era o de garota de programa de uma casa sofisticada num bairro nobre da cidade.

Ela, que jamais passara das preliminares do sexo com seus eventuais namoradinhos do interior, sentiu-se traída, vilipendiada, assustada. Mas, diante dos argumentos do patrão, concluiu que, para ela, aquele seria o único caminho possível para uma vida de luxo.

E a vida se tornou mesmo um luxo. Numa única noite, a nova Magdala ganhava duas vezes o que Magdalena ganharia num mês como recepcionista.

Não era muito fácil aguentar as fantasias idiotas dos clientes, a humilhação de algumas práticas, a estupidez de outros. Mas havia também os carinhosos, o bons de cama, os generosos. Recebeu várias propostas para sair da casa e tornar-se a amante oficial de alguns. Ela ria e dizia que sua liberdade não tinha preço. Foi se sofisticando. Frequentava bons salões de beleza, lojas de alto luxo e era uma das moças mais disputadas da casa. Tudo era encanto. Uma nova bolsa. Um sapato italiano. Um vestido de seda. O ambiente chique e lindo dos salões de beleza, o perfume dos produtos... O preço a pagar por isso parecia até baixo.

Messias

Messias Vito era o nome do rapaz e, como Magdala, ele também tinha um nome de guerra: Kiki Besteira, a maior audiência matinal de uma rádio AM bem colocada no ranking das emissoras paulistanas e com milhões de acessos na Internet. Kiki, em seu programa, denunciava todas as besteiras cometidas por figuras públicas, nacionais e estrangeiras, em todas as áreas, dos políticos aos atores de novela, passando por nomes da vida cultural e social, celebridades e – o que ele mais gostava – mesmo gênios. "Todo o grande QI tem seu dia de bonobo", costumava dizer ele.

Naquele dia, saindo da rádio depois de seu programa, subiu até a Avenida Paulista, a pé, para dar uma espiada nos tais enfeites de Natal que, desta vez, estavam atraindo tanta gente que, na noite passada, a polícia tivera que interditar uma das pistas e desviar os automóveis para as alamedas paralelas porque a multidão simplesmente não cabia mais nas calçadas. E olhe que as calçadas da avenida eram enormes! Não que Messias ligasse para o Natal. Não ligava. Não tinha religião, dizia-se agnóstico e acreditava que as festas natalícias eram uma maravilhosa maneira de girar a economia, incrementar o comércio e usar o nome do tal Deus em vão...

Admirando a suntuosa decoração dos edifícios, pensou em almoçar por ali mesmo, os restaurantes ainda mais lotados do que habitualmente mas, ele percebia, hoje também recebendo pessoas animadas, sorrisos, certamente pela perspectiva do período de festas e, para a maioria, de folga do trabalho. Messias andava cansado de almoçar sozinho olhando as caras feias nas mesas ao redor. Sozinho, aliás, era a palavra que melhor o definia. Na rádio – seu reino – tinha um séquito de doze pessoas na sua equipe e milhões de ouvintes fiéis. Ali, todas as manhãs, de segunda a sábado, não se sentia só. Mas no resto... Só amizades profissionais, a família toda em Minas, seu estado natal, nenhum amigo, nem do tempo da faculdade, todos casados e, portanto, solteirões como ele (já tinha mais de 40) não eram muito benvindos em círculos de casais com filhos. Quanto às mulheres, apenas aventuras. Quando aparecia uma com quem ele acreditava que pudesse se envolver lá vinha um lamento do tipo "não posso pagar", fosse por um vestido, um tratamento dentário ou estético. As mulheres tinham aquela grande ilusão de que todo mundo que estava na mídia, principalmente no comando de um programa de sucesso, como era o caso dele, nadava em dinheiro. A realidade era muito diferente. E mesmo que não fosse, tudo o que ele não precisava era de uma mulher interesseira ao seu lado. Mulheres solteiras havia aos baldes. Mas a companheira que ele sonhava... Ah... Nunca aparecera.

Já que era Natal, pensou ele, deveria fazer um pedido a Papai Noel, ao Universo, a Deus, ao que quer que fosse. Mentalmente pediu: – Olha aqui, Deus, Universo ou Papai Noel, vê se consegue pra mim a companheira dos meus sonhos.

Nesse exato momento, seus olhos bateram naquela morena bonita, carregada de pacotes.

Magdala, que vinha das compras de Natal, caminhando na Paulista, carregando os presentes que pretendia despachar para a família no interior, percebeu que alguém a seguia. Ou estaria imaginando coisas? Era um quarentão charmoso, nem bem nem mal vestido. Pensou que era coincidência demais ele parar numa vitrine ou numa banca de jornal a cada vez que ela também parava. Não havia tantas vitrines assim na avenida e, algumas vezes, ele teve que passar à frente dela para ter uma vitrine como desculpa para parar. Numa dessas vezes, quando ela ia passando por ele:

– Desculpe-me... – disse aproximando-se dela – Você não é a Beatriz, que foi minha colega no SENAC?

Ela riu. O rapaz tinha uma linda voz e pinta de boa gente.

– Essa cantada é velha...

Ele também riu:

– O que mais eu poderia dizer para me aproximar de uma moça maravilhosa como você?

Foi o começo de uma grande paixão.

Imediatamente começaram a conversar, se entendiam às mil maravilhas e dois dias depois, quando conseguiram afinal passar a tarde fazendo amor no apartamento dele, tiveram certeza de que tinham mesmo nascido um para o outro.

E agora, pensava Magdala, como ter coragem de contar a ele que era uma garota de programa? Passou a viver angustiada, morrendo de medo que ele descobrisse e tentando driblar seus compromissos profissionais. Por sorte, ele tinha que acordar muito cedo e preservar sua bela voz não estando, portanto, disponível para programas noturnos, que eram o forte na carteira de clientes de Magdala.

Seu grande temor era o próximo sábado. A única noite em que ele poderia sair com ela, dormir tarde, já que no domingo não tinha programa de rádio. Sábado era o dia de maior movimento para Magdala. No anterior ela mentira, dissera que estava menstruada e com dor de cabeça e conseguira uma folga. Mas não poderia mentir eternamente. Resolveu então se enfiar no cabeleireiro, um ótimo lugar para relaxar, fazer confidências e receber conselhos.

– Conte pra ele – dizia o Jean, enquanto penteava o cabelo dela. – Se você está disposta a largar o seu trabalho e mudar radicalmente de vida, melhor contar. Ele vai acabar descobrindo mesmo.

– Ai, Jean, vira essa boca pra lá! – exclamou ela.

– Meu bem – disse ele – não adianta querer viver de ilusão, não é? Se você não abrir o jogo e ele souber, vai ficar muito mordido. Então conta logo. Hoje em dia 'tá assim de homem que casa com menina de programa. Antigamente, nem pensar! Mas eu até ouvi outro dia um primo meu dizendo que não se casaria com uma pros... ãhn... com uma menina de programa, mas casaria com uma ex menina de programa, entendeu? Aproveite que é Natal e peça logo pro menino Jesus fazer ele te compreender... – e deu uma gargalhada – Menino Jesus é mais poderoso que Santo Antônio, né, minha santa?

Magdala saiu do salão disposta a romper com a vida que levava. Disposta a romper, antes de contar pro Messias. Não acreditava que fosse justo só romper depois que ele estivesse disposto a compreender o seu passado.

– Vou falar agora mesmo com o patrão! – decidiu.

Aquele que Magdala chamava de "patrão" era um dos mais influentes cafetões de luxo da cidade. Tinha uma rede de boites, casas de swing e edifícios chiques para encontros discretos de gente muito rica e/ou muito poderosa. Magdala ganhava muito bem, tinha seu próprio apartamento alugado nos jardins, frequentava os mais badalados estabelecimentos, já conhecera, acompanhando empresários e executivos, muitos lugares da moda em boa parte do planeta. Aprendera a falar, a se portar, a se vestir, se maquiar. Passaria por uma menina rica. E estava apenas havia quatro anos nessa vida. Até um pouco de inglês já falava e, inteligente, caçava informações de arte, cultura, literatura, geografia, história e o que mais precisasse, na Internet. Muitas vezes tinha ouvido falar contra o seu "patrão". Demóstenes Correia já fora até condenado em alguns noticiários de TV, chegara a ser detido, mas tinha as costas largas demais para realmente se dar mal. Diziam que ele explorava os jovens, garotas e garotos de programa, que os escravizava, que ficava com a parte do leão. Magdala não dava ouvidos a nada disso. Achava – como certa vez lhe dissera um cliente – que o Demo administrava muito bem os seus negócios e era um ótimo empregador. Todos os seus "funcionários" tinham assistência médica, benefícios e até um fundo de pensão para a aposentadoria que, nesse ramo, era um tanto precoce. Fora acusado de estar metido com drogas, mas Mag sabia que ele não era trouxa. Drogas não entravam em suas casas, nem mesmo uma inocente maconhazinha. Se o cliente consumia drogas, problema dele, mas nunca fora dos aposentos particulares. De fato, tanto Mag quanto a maioria dos garotos que trabalhavam para Demo gostavam dele. A figura do cafetão que explora e maltrata fisicamente suas prostitutas parecia coisa de um passado remoto ou de outro mundo, que nada tinha a ver com o mundo deles. Por tudo isso Mag acreditava que poderia demitir-se, como em qualquer empresa. Pediu para falar com Demóstenes. Só conseguiu ser recebida por ele, em seu luxuoso escritório, três horas depois. E ficou sabendo que não teria nenhum problema para desligar-se dele, desde que pudesse pagar por tudo o que lhe devia.

– Como assim? – perguntou ela. – Eu não lhe devo nada.

Ele então projetou na grande tela ao seu lado a imagem da planilha que abriu no computador. Lá estavam contabilizadas todas as "dívidas" de Mag: drinks, refeições, roupas de cama, translados, telefonemas... Dia a dia, em quatro anos, somava uma pequena fortuna... Lágrimas vieram aos olhos dela. Compreendera, afinal, porque chamavam Demóstenes Correia de feitor de escravos. Ela era sua escrava. Mas não se daria por vencida.

– Esta bem – disse ela – Se eu parar agora, qual é o prazo que você me dá?

– Querida – respondeu ele com voz doce – não somos uma financiadora. Isso aqui é um negócio. E olhe que não estou lhe cobrando por transformar você, de uma caipirinha ingênua, em uma jovem requintada e viajada. Além do mais, o que vou dizer aos seus clientes? Que você foi embora, que se cansou deles, apenas por que se apaixonou por um radialista metido à besta?

Ela estava havia pouco mais de uma semana com Messias. Como ele...?

– Meu bem – continuou o Demo, adivinhando-lhe o pensamento – nós sempre nos mantemos completamente informados sobre as atividades das nossas anjinhas e anjinhos.

– Veja – disse ele – você é uma das minhas melhores profissionais. Agora vem o Natal. O movimento cai bastante. Vou lhe dar uns dias de folga. Faça compras, vá ao cinema, encontre seu namorado e pense bem se vale a pena jogar tudo para o alto por causa dele. Você pode ter as duas coisas. Pode ter o radialista e seus clientes. Não atrapalhando o seu trabalho, eu não tenho nada contra. Nas suas horas de folga, você pode fazer o que quiser.

Magdala saiu de lá transtornada. Jamais percebera que não era uma mulher livre.

Entardecia. Caminhando pelas avenidas enfeitadas para o Natal, lágrimas escorriam e turvavam sua visão, transformando as luzes e os brilhos dos enfeites em borrões coloridos. Magdalena começou a pensar nos Natais de sua infância, quando toda a família se reunia na casa de seus avós maternos. Cada tia levava um prato típico da ceia. Os enfeites eram simples, ridículos, se comparados ao que existia aqui. A árvore era de plástico e ráfia verde, comprada pela avó muito antes do nascimento daqueles netos, seus primos e irmãos, enfeitada com bolas que quebravam e luzinhas piscantes. A avó tinha orgulho do maravilhoso presépio que montava na varanda de sua casa. Durante anos e anos fora enriquecendo o presépio com mais e mais figuras, trazidas para ela por amigos e parentes, imagens de tamanhos desproporcionais, de lugares distantes, todas ali, reverenciando o menino Deus deitado na manjedoura. Pensando nisso ela sentia um grande constrangimento, como se o luxo e a sofisticação das decorações de Natal daquela parte nobre da rica metrópole estivessem zombando do orgulho simples com que sua família exibia e admirava o presépio da varanda da casa de sua avó. Pior. Como se a vida luxuosa (e pecaminosa, imaginou o reverendo da matriz a dizer) que ela levava fosse, ela própria, uma grande zombaria àquelas pessoas de sua família que, em seu despojamento, estiveram sempre cheias de amor e carinho para com ela e que lhe mandavam, a cada Natal, presentes simples, ingênuos mesmo, que sempre faziam com que ela se sentisse muito, muito mal. Era a compota de figo, feita pela mãe, uma blusinha de crochê, pelas mãos da vovó... E ela comendo tiramissu nos mais caros restaurantes paulistanos e usando as "blusinhas" de mil reais da Oscar Freire...

Quase sem querer seus passos a levaram ao edifício da rádio, na Rua Augusta. Era quinta-feira. Messias lhe dissera que às quintas, à tarde, os comunicadores e os diretores, o artístico e o comercial, se reuniam para avaliar o IBOPE da semana e o desempenho de cada programa, tanto em conteúdo quanto em comercialização. Ele estaria lá. Mag sentou-se na lanchonete do térreo, bem defronte aos elevadores. Se ele estivesse lá, ao sair, a veria. Se não estivesse... Era como um jogo. Estava decidida a contar a ele a sua história, se ele estivesse lá.

Pensava: se não contasse, ele acabaria descobrindo. Se ele descobrisse, se sentiria traído. Se ela contasse e ele também se sentisse enganado, paciência. Pelo menos, contando, havia uma chance de não perdê-lo.

Eram onze da noite quando Mag e Messias saíram do bistrô aonde tinham se refugiado quando ela lhe disse que precisavam conversar seriamente.

Pensou que choraria, ao contar a ele. Mas não chorou. Na verdade, refletia, não era uma história triste. Fora a sua opção de vida.

Ele não interrompeu a narrativa dela. Lá fora, na calçada do banco que ficava em frente ao bistrô, um coral se apresentava e uma pequena multidão se acotovelava para ouvir as canções de Natal. Messias pensou que parecia uma trilha sonora de novela, servindo de pano de fundo para as palavras dela.

Quanto mais ela falava, mais ele se apaixonava. Quando ela terminou, ele disse apenas:

– O apartamento onde você mora também é do Demóstenes?

– É de uma senhora idosa que ele me apresentou...

– É dele – disse Messias secamente. Deve ter câmera ou escuta.

Mag achou que ele via filmes policiais em excesso.

– Nunca mais pisaremos lá – ele continuou. – Você paga aluguel como? Pelo banco? Na imobiliária?

– Deposito na conta dela, da proprietária.

– Quando vence seu contrato? Tem multa?

Por sorte, vencia em março. Assim resolveram que pagariam os três meses de uma só vez e mandariam entregar as chaves na portaria.

– Mas e o que eu devo ao Demo? – perguntou Mag.

– Você não deve nada. Não se preocupe. Sou jornalista. Também conheço gente importante. Amanhã mesmo, saindo do programa, irei ver um amigo que se encarregará de acalmar o Demo. Eu sei que esse diabo de homem deve dizer a você que não quer perdê-la, que você é uma das suas melhores profissionais. Mas você já está ficando velha pro negócio dele. Não vai ligar muito, não. Em quatro anos você já foi uma mina de ouro.

— E agora? Devo fazer minhas malas e me mudar, então?

— Você não me entendeu. Você nunca mais vai pisar naquele apartamento. Hoje você dorme lá em casa. Amanhã vai comigo para a rádio, mais tarde vamos comprar tudo o que você precisar, roupas, maquiagem, tudo... Na semana do Natal meus programas não serão ao vivo. É a única folga que tenho no ano. Vamos para a casa de seus pais, no interior e você vai me apresentar à sua família como seu namorado e eu vou pedir sua mão em casamento ao seu pai. Vamos passar o Natal com eles.

Mag começou a rir.

— Mas nós nos conhecemos há apenas...

— Não – interrompeu ele – nós sempre nos conhecemos, você é a mulher pela qual eu esperava e eu sou o seu homem. Sempre fui e sempre serei.

— Mas o meu passado, o dinheiro, as coisas que vou perder, a minha suposta dívida... Quanto vai custar tudo isso? Você não é milionário.

— Não interessa. Dinheiro é o de menos. Foi feito pra se gastar. Vai e vem. E, depois do Natal, você também vai procurar emprego, mocinha. Acabou a moleza, certo? Vamos viver a nossa vida, com os nossos recursos e ter um monte de crianças... Agora vamos. Estamos aqui há horas e já passou da hora do neném aqui ir nanar... – disse ele com um sorriso, acariciando o rosto dela.

Mais tarde, depois do amor, na cama dele, antes que ele pegasse no sono ela perguntou:

— Mas como você pode não se importar com o meu passado? Pensei que eu ia te perder...

Ele riu:

— Qualquer dia desses, mocinha, eu te conto a minha história... Afinal, alguém já disse que só quem não tem pecado deve atirar a primeira pedra.

Luiza e o Papai Noel

8

Luiza estava encantada com os enfeites de Natal da cidade. Sua mãe tirara o sábado de folga e a levava, agora, pela mão, num passeio de sonho pela Avenida Paulista. Ir à avenida já significava, em si, uma festa para aquela meninazinha de sete anos que pouco podia sair da casa em que morava e onde nascera, em um dos muitos bairros pobres da periferia da cidade. Tinham ido de trem até Santo Amaro e, de lá, pegaram um ônibus. Tudo vazio, pois era sábado e a antevéspera do Natal, e São Paulo já se esvaziara bastante. Normalmente, ela sabia, os trens eram lotados e sua mãe mesmo já fora assaltada e abusada dentro daquelas latas de sardinha. Maria Tereza, a mãe de Luiza, era empregada numa casa de gente rica nos jardins. Por isso conseguiam pagar o aluguel da casa onde moravam, tinham sempre boa comida, TV e até boas roupas. Por isso também Luiza tinha podido escrever uma carta ao Papai Noel, pedindo uma boneca daquela moça da TV. A mãe explicara que isso só era possível porque tinha recebido um salário a mais no final do ano. Luiza não conseguira entender muito bem porque a mãe dizia que Papai Noel condicionava os presentes que trazia ao salário recebido. Mas aceitara, como aceitava tudo na vida. Desde muito pequena, se acostumava a ficar sozinha em casa, trancada por causa dos bandidos, enquanto a mãe ia trabalhar. Maria Tereza reclamava sempre da tal dupla jornada de trabalho e, por isso, Luiza tratara logo de aprender a fazer coisas na casa, como tirar o pó, varrer, lavar a louça e, mais tarde, até a roupa. Agora estava toda orgulhosa porque, nesse ano, tinha começado a ir à escola e também estava aprendendo a cozinhar. A mãe ria pra ela, de pura alegria, quando chegava, quase 10 da noite e encontrava a casa em ordem e a comida no fogão.

Agora, caminhando pela Paulista, Luiza quase não podia despregar os olhos dos enfeites. Do alto dos prédios desciam fios dourados e prateados, havia uma casa (era um banco, a mãe explicava) toda coberta de brinquedos enormes que se mexiam. Mas o que mais encantou a menina foi mesmo um conjunto musical de quatro imensos Papais Noéis sentados nos telhado de outro banco. Eram lindos demais! Cada um tocando um instrumento, se mexendo todos, um bonecos imensos... E, pela calçada, em frente ao tal banco, mais de dez homens fantasiados de Papai Noel, tocavam sinos e conversavam com as pessoas... Luiza puxou a mãe pela mão, também queria falar com um deles. Ele foi simpático, mas não convenceu muito a inteligente Luiza que reparou que ele falava com sotaque nordestino e percebeu logo a falsidade da barba branca...

– Papai Noel não existe, né mãe? – perguntou quando se afastaram.

Maria Tereza riu:

– Não, minha filha. É uma história inventada pra fazer as pessoas quererem cada vez mais presentes no Natal – respondeu Maria Tereza, lembrando-se das reuniões que frequentava na sede do PT e onde aprendera como as armadilhas do consumismo podem iludir os pobres.

– Ah, mãe... Mas é legal comprar presentes pras pessoas, não é? Quando eu era criança, você sempre fingiu pra mim, então...

– Você ainda é criança, Luiza – riu de novo Maria Tereza, pensando que aquela filha que ela tanto renegara no ventre, agora vivia a surpreendê-la e alegrá-la.

– Os meus amigos riram de mim na escola, disseram que acreditar em Papai Noel é coisa de criança. Agora que eu sei que ele não existe, já estou na escola, sei escrever e sei cozinhar, não sou mais criança, né, mãe?

Maria Tereza sentiu lágrimas subirem-lhe aos olhos. "Que menina esperta Deus me mandou!" Orgulhosa, pegou a menina no colo e beijou-lhe o rosto, dizendo:

– Tá bom, Lulu, você já é quase uma mocinha!

Divertiram-se muito, mãe e filha, naquele passeio de sábado de Natal pela Paulista. Andaram toda a avenida, duas vezes, entraram nas galerias, nas lojas e até ao Museu foram! Luiza foi dormindo no trem na volta pra casa e talvez por isso, tarde da noite, acordou sem nenhum sono. Maria Tereza dormia o sono dos justos e Luiza se levantou pé ante pé para não acordar a mãe. Estava muito quente e, pela janela, a menina viu o céu estrelado. Sabia que não podia, em nenhuma hipótese, abrir a porta durante a noite ou mesmo o dia. Mas as estrelas pareciam estar chamando por ela. Com muito cuidado aventurou-se a abrir a porta da frente da casa e olhou para os dois lados da rua pra ver se os tais bandidos estavam por ali. Nada. Tudo parecia paz na pequena viela. Luiza lembrou-se do imenso brilho que vira, ao anoitecer, nos muitos e muitos enfeitados prédios da Paulista e, quase sem querer, sentou-se no degrau da porta da casa, junto à calçada, e ficou olhando as estrelas. Um pequeno risco brilhou no céu. Estrela cadente, pensou ela, orgulhosa de estar aprendendo o nome certo das coisas na escola.

Nesse instante viu um vulto, lá na esquina. Seu coraçãozinho disparou. Será um bandido? Vem carregando um saco... É muito gordo pra ser um bandido... Reparou, à medida que o vulto se aproximava, que ele estava fantasiado de Papai Noel. E vinha cantando, balançando um sino, fazendo barulho. Deve estar bêbado ou drogado, como o tio João, pensou a menina, vai acordar a rua inteira. Mas à medida que ele se aproximava percebeu que nunca vira um Papai Noel tão bonito. Sua roupa era linda, de um veludo escarlate, seu cinto de couro brilhava e a fivela de ouro parecia refletir cada exíguo raio de luz que havia na rua.

Com naturalidade, ele sentou-se ao lado dela. Ela riu, encantada com a marcante presença dele. De perto dava pra ver que a pele dele era muito clara e rosada e a barba branca e sedosa não parecia, de jeito nenhum, ser falsa. E o saco, então! De veludo também e verde, muito verde, com fitas coloridas e alguns brinquedos saindo pela boca, um ursinho bege, da mais linda pelúcia que ela já vira, um pedaço de um trenzinho, a cabeça de um pinguim e um trombone dourado. Na mão esquerda segurava uma lamparina linda, toda dourada que iluminava tudo em torno de si.

– Nossa, moço – disse a espantada Luiza – essa é a mais linda fantasia de Papai Noel que eu já vi.

O velho deu uma gostosa risada:

– É legítima, minha filha.

– Como assim, legítima?

– Eu sou O Papai Noel.

– Ah, moço. O senhor pode trabalhar pruma loja rica que nem aquelas que eu vi hoje na Avenida Paulista, mas mesmo que seja o mais lindo de todos, o senhor é gente que nem eu.

– Não. Eu sou o Papai Noel, o verdadeiro quero dizer.

– Corta essa. Eu já sou quase uma mocinha e sei que Papai Noel não existe. Minha mãe mesmo me contou que esse negócio de Papai Noel é só pra fazer a gente gastar mais dinheiro no Natal.

– É verdade que eu nunca apareci pra sua mãe.

– Como assim, apareci?

– Você já está em dúvida, não é, Luiza?

– Ué, como sabe o meu nome?

– Sei o nome de todas as crianças da Terra.

Luiza riu:

– Nem que o senhor tivesse um computador, podia saber o nome de todas as crianças do mundo! – E completou, orgulhosa – Eu já aprendi na escola que existem bilhões, que é muito mais que milhões, de crianças no mundo!

— Mas eu sei e sempre soube, porque sou o Papai Noel, embora você pareça não acreditar em mim.

Sem saber bem porque, Luiza começou a acreditar que talvez ele fosse mesmo o Papai Noel de verdade. Reparou que ele era, de fato, muito diferente de qualquer velhinho que ela já vira. E reparou também que sua roupa era adornada por peles muito brancas que envolviam os pulsos e os tornozelos e que, apesar do calor e de tanta pele e veludo, ele parecia não transpirar nem um pouquinho. Perguntou:

— Como é que o senhor não está morrendo de calor dentro dessa roupa quente?

O velho riu:

— Eu não sinto calor ou frio. Já imaginou, pequena Luiza, morando no Pólo Norte e tendo que trabalhar na África ou no Brasil, se eu fosse sentir calor ou frio?

Luiza se pôs a pensar. O danado do velho talvez não estivesse mentindo. Talvez fosse mesmo quem dizia ser e, nesse caso, todos estavam enganados. Uma grande alegria invadiu-lhe o peito. Que bom se Papai Noel existisse mesmo!

— Olha, se o senhor existe mesmo então os meus amigos e a minha mãe estão enganados, né? Lá na escola ninguém acredita no senhor!

— Sabe, menina Luiza, pouca gente acredita de fato no amor.

— Não entendi.

— Eu, assim como outros bons personagens da imaginação, só existimos diante do amor, da prática do amor.

— Prática do amor?

— É. Vou explicar. Por exemplo: você. Todos os dias você volta da escola, arruma a casa e a cozinha, espera sua mãe voltar do trabalho, passa a tarde sozinha, sem brincar muito, sem poder prestar atenção à TV, por quê?

— Ué. Porque a minha mãe e eu precisamos morar numa casa limpa e precisamos comer e a minha mãe trabalha muito e perde muito tempo na condução e somos só nós duas...

— Então. Isso é amor. Na prática. Todos os dias, você pratica o amor que sente pela sua mãe, não é assim? Seu coraçãozinho já está repleto de amor. Por isso, você pode saber que eu existo, por isso, por causa do amor, você pode me ver. Enquanto outras pessoas que enchem a boca pra falar em amor e vivem ditando regras e preceitos sobre o amor e, de fato, estão apenas preocupadas com a ideia do amor e amam só a si mesmas... Bah... Você vai ter muito tempo na vida pra descobrir tudo isso...

— Quer dizer, então, que o senhor não existe pra todo mundo?

— É. É isso aí. Eu só existo no Natal, pela força dos pensamentos e dos atos de amor que as boas almas como você praticam. Eu só existo porque vocês, seres humanos, depositam em mim, ao menos uma vez a cada ano, os seus mais lindos anseios e as suas mais belas esperanças. Eu só existo pela sinceridade, boa vontade e fé que depositam na imagem que para mim criaram.

— Chi, essa última parte aí eu não entendi, não.

— Não faz mal. Tudo tem um tempo pra ser entendido e, como eu já disse, você tem todo o tempo da vida pela frente. Agora vá dormir e não se esqueça de trancar a porta. Esse é um bairro perigoso.

— O senhor falou que nem a minha mãe, agora. Mas já vai?

— Tenho muito trabalho pela frente nos próximos dias. Graças a Deus o mundo está cheio de crianças boas como você.

– O senhor trouxe meu presente adiantado?

– Seu presente estará sob a árvore, graças ao salário da Maria Tereza. Mas eu vou lhe dar um presente sim. Está vendo aquela estrela grandona ali, a maior, daquelas três, bem perto da Lua?

– Hum...Hum...

– Pois de agora em diante, ela é a sua estrela. Lembre-se sempre disso, nas horas difíceis que enfrentar na vida, tá bom?

– Puxa! Ganhei uma estrela!

Nesse instante, um imenso brilho tomou conta de toda a rua, iluminando tudo com uma beleza estúpida, mil vezes mais belo que o espetáculo de luzes da Avenida Paulista. E o brilho foi tão grande que Luiza teve que levar as mãozinhas aos olhos. Quando os abriu, novamente, Papai Noel tinha sumido. Mas a sua estrela parecia sorrir, lá do céu, para ela.

Em paz com o mundo, entrou em casa, trancou a porta e foi dormir.

Os sábios de Kavárika 9

Aquele ainda era um planeta meio atrasado. Não tinha computador, avião, água encanada, automóvel, nenhuma dessas maravilhas do progresso às quais nós, terráqueos modernos, só daríamos o verdadeiro valor se tivéssemos que viver como os kavarikanos: fazendo todas as tarefas necessárias à manutenção da vida contando apenas com o auxílio da tração animal.

Mas não diferentemente da história da Terra, lá em Kavárika, também havia muita exploração do trabalho dos mais fracos e mais pobres, muitas guerras e a nobreza vivia em ilhas de conforto, cercada de riquezas e de escravos.

Em três grandes reinos, no entanto, nasceram três príncipes que logo se revelaram seres muito, muito especiais. Os reinos eram distantes e a comunicação entre eles muito precária. A voz do povo porém, lá como aqui, é poderosa, e os príncipes foram crescendo e notícias da sua especial sabedoria começaram a circular dentro e fora de seus reinos. Os garotos reais foram educados com primor e logo dominavam, cada um em seu país, cada um em sua cultura, a fina flor dos mais caros conhecimentos de cada lugar. E, cada um no seu canto, foram se tornando sábios, verdadeiros cientistas, além de grandes magos.

Um dominava o segredo da transmissão de pensamentos e da interpretação dos sonhos.

Outro sabia tudo sobre o movimento das estrelas e dos três sóis que banhavam Kavárica.

E o terceiro fabricava as mais ricas poções mágicas, misturando finas ervas, e era capaz de curar as mais cabeludas doenças que acometiam os kavarikanos.

Quando já estavam, os três, que tinham praticamente a mesma idade, entrados em anos, com os cabelos embranquecendo e a pele perdendo o viço, seus feitos eram famosos em todo o planeta. Tinham se tornado reis em seus respectivos países e, embora dedicassem grande parte de seu tempo às pesquisas, revelavam-se soberanos justos, ponderados e sábios. Todo o planeta invejava aqueles três reinos, governados por seres tão especiais.

Um dia, uma grande rainha guerreira, de um país vizinho a um desses reinos, mandou mensageiros percorrerem todos os países, lançando a ideia de que aqueles três reis afinal tirassem alguns dias de seus afazeres para se reunirem em seu majestoso palácio. Ela oferecia a eles, além de todo o conforto e mordomias das quais desfrutava, também ricos tesouros.

A ideia da rainha guerreira – que, pelo jeito também era um pouco sábia, embora guerreira – propunha que os três reis se reunissem para trocar suas experiências científicas e mágicas, numa espécie de avô dos congressos. Dessa reunião, sairia um documento que poderia não só auxiliar a todos os reinos de Kavárika, como também incentivar a outros jovens nobres e sábios a procurar mais conhecimento para se somar às pesquisas daqueles reis privilegiados. Todo o mundo se beneficiaria, afinal, daquele encontro! – alardeavam os mensageiros da rainha.

Assim, depois de muita conversa, muitas viagens dos mensageiros, muitos exigências dos ministros de cada rei, visando a segurança dos soberanos, depois de muito boato e muito desencontro, a rainha guerreira finalmente teve a alegria de ver as três comitivas adentrarem os portões de seu palácio trazendo os três reis para a sonhada conferência.

Na verdade, a Guerreira andava cansada de guerrear. Esperava ela que aquele acontecimento mundial, da reunião das três mais maravilhosas inteligências de Kavárika, ajudasse a classe dominante do planeta a se interessar mais pela ciência, que despertasse as adormecidas inteligências das lideranças de seu mundo para pensamentos mais elevados do que aqueles que, até então, só geravam guerras idiotas, movidas por orgulhos e egos exacerbados, muito mais do que por disputas territoriais ou econômicas.

Não muito longe do palácio da rainha, no mesmo instante em que as comitivas dos três reis sábios descarregavam suas tralhas, uma jovem fitava o céu avermelhado do crepúsculo. Uma estranha formação de nuvens e o reflexo dos raios dos três sóis fazia do céu uma verdadeira emoção. E a jovem ruiva (que sempre se orgulhara de ter cabelos da cor dos sóis) e de pele negra pensava na estranha felicidade que sentira, naquela manhã distante em que acordara, radiante, e dissera ao seu companheiro:

– Fui escolhida para ser mãe.

(Em Kavárika nem todas as mulheres eram mães, só as que tinham vocação).

Ele, um homem bem mais velho que ela e conhecido na aldeia por suas longas barbas grisalhas, riu espantado:

– Por que a minha flor escolhe a primeira fala do dia para dizer-me isso?

– Tive um sonho – respondeu a ruiva – E nele me apareceu um ser dos céus que me disse que o senhor das estrelas resolveu dar um filho seu à Kavárika e – que imensa honra, meu amigo – escolheu a minha barriga para gerar esse filho. Eu estou grávida, barbas grisalhas, e você foi escolhido também para ser o pai do filho das estrelas.

– É uma grande honra, minha flor ruiva – respondeu ele, abraçando-a.

A felicidade daquele abraço e a certeza de, dali para frente, ser a mãe do filho do senhor dos céus foi o momento de maior êxtase na vida da jovem flor ruiva. Mas, agora, fitando aquele magnífico espetáculo de cores do pôr dos sóis, ela sentiu em sua alma, o reviver da emoção daquele sonho. Sentia o bebê a chutar-lhe o ventre e agradeceu ao senhor dos céus por ser ela a escolhida.

Mas nem tudo eram flores na vida de flor ruiva e barbas grisalhas. O governador da província, onde viviam, só queria arrecadar mais e mais impostos para financiar as guerras da rainha e, assim, se sobressair aos outros governadores e ouvira um boato de que uma das mulheres da aldeia estaria esperando um filho do senhor dos céus. Ora, se o povo continuasse a acreditar em tais histórias, o seu poder como governante absoluto do local poderia estar ameaçado. Assim, ele mandou que seus soldados vigiassem todas as mulheres grávidas e que matassem todas as crianças nascidas naquele período, assim que nascessem.

Todas as grávidas estavam fugindo, na calada da noite, da província, por isso. Muitos sabiam que era a flor ruiva a escolhida. Mas ninguém disse nada. Apenas fugiam as grávidas e seus companheiros.

Assim, flor ruiva acreditava que aquele crepúsculo era uma mensagem dos céus. Nessa noite, ela e barbas grisalhas também fugiriam, pois seu filho, que lhe chutava docemente a barriga, poderia nascer a qualquer momento. No entanto, a emoção da beleza do céu avermelhado, parecia estar a dizer-lhe que não temesse, que o senhor dos céus protegeria sua fuga.

Enquanto flor ruiva e barbas grisalhas fugiam, os três reis sábios, no palácio da rainha guerreira, começavam sua troca de conhecimentos. Ficaram tão encantados com a descoberta da sapiência de cada um, que mal dormiam e mal se alimentavam.

O rei médico descobriu que tinha muito a aprender com o rei dos pensamentos. O rei astrólogo encontrou incríveis paralelos entre os seus conhecimentos e a sapiência do rei alquimista.

Era um delírio! Encantados um com o outro, no quinto dia de reunião, eles mal notaram aquela luz branca que, estranhamente, invadia o aposento onde eles se confinaram.

Mas, de repente, a luz se refletiu no cadinho do alquimista e ele, instintivamente, voltou os olhos para a grande janela:

—Vejam! Há uma nova estrela no firmamento!

Correram todos à janela. Como seria possível, uma nova estrela? E tão brilhante, tão próxima, parecia de Kavárica?

– Será um cometa? – indagou o astrólogo.

– Ou será um sinal? – perguntou o médico.

– Temos que ir – disse grave e sério o alquimista.

– Será ele? – perguntou o astrólogo.

– É ele – afirmou o alquimista.

– Ele, quem? – perguntou o médico.

– Há muito tempo – disse o alquimista com toda a calma que era possível manter naquele momento mágico – as estrelas vêm me dizendo que o senhor dos astros enviará seu filho à Kavárica e que uma estrela brilhará no dia em que o menino nascer.

– Mas por que terá o senhor das estrelas falado a você e não a mim, que tanto empenho venho demonstrando no estudo dos astros?

– Porque – respondeu o alquimista – você estuda o movimento das estrelas e eu, a essência, que é química e física.

– Vamos levar presentes ao filho das estrelas! – disse o médico. – Vamos levar parte do tesouro que ganhamos da rainha.

– Não – disse o alquimista. – Ele não precisa de tesouros. Ele é dono de todos os tesouros da vida. Vamos levar flores, perfumes e vinhos. (Sim, em Kavárika, também conheciam os segredos da uva).

E partiram os três, protegidos pela noite e dispensando seus séquitos.

Encontraram, guiados pela estrela, o menino num estábulo.

O rei alquimista perguntou à flor ruiva:

– Esse seu filho será o maior rei de Kavárika?

– Não, respondeu ela, ele apenas veio para ensinar aos kavarikanos o código do amor. Muitos não o ouvirão. Mas seu código sobreviverá por gerações e gerações. Quem tiver ouvidos, que ouça. Quem tiver olhos, que veja. Ele veio para ensinar que a ciência de vocês poderá penetrar todos os espíritos. Mas a sabedoria não. A ciência poderá existir na alma malvada, mas a sabedoria não.

E ficaram ali, os cinco, a fitar o menino.

Foi assim que o presépio chegou a Kavárika.

O sonho de Natal de Marina 10

Marina tinha um sonho. Acreditava que seria num Natal que o seu sonho se tornaria realidade. O problema era saber em que Natal. Este, que se aproximava, já seria o seu 14º. Desde os seis anos de idade, quando sua mãe lhe perguntara o que ela queria ganhar do Papai Noel, aparecera aquela ideia na sua cabecinha. Ela não dissera à mãe, inventara um brinquedo qualquer, mas, dentro de si, lá no fundo do seu coração, formulou aquele desejo. Ela não se importaria de, na manhã de Natal, nada encontrar sob a árvore desde que Papai Noel satisfizesse o seu desejo.

É claro que agora que ela já era uma moça, sabia que papai Noel algum realizaria o seu sonho. Sabia que era quase impossível que as coisas mudassem como ela queria. Sabia que só mesmo Deus, se é que Ele de fato existia, poderia dar um jeito naquilo.

Mas, talvez por uma espécie de superstição, Marina tinha uma certeza interior, a certeza que, de alguma maneira milagrosa, seria num Natal que o seu sonho se realizaria.

Era 21 de dezembro, faltavam apenas três dias para o grande acontecimento familiar que era, todos os anos, a ceia da véspera, em sua casa. Toda a família se reunia lá, e Celina, sua mãe, se matava de trabalhar para preparar tudo.

Naquele dia, Marina e a mãe foram a uma padaria, no Bexiga, para encomendar os maravilhosos pães que colocariam à mesa da ceia. Sua mãe sempre comprava aqueles pães italianos no Natal. E levava também pães comuns um ou dois dias antes, para deixá-los amanhecidos e fazer com eles as rabanadas, que, ela dizia, não podiam faltar numa verdadeira mesa natalícia.

Naquele dia, Marina, que já fora àquela padaria muitas vezes, reparou num cartazete que nunca notara antes. Era um pequeno quadrinho, pintado à mão, num canto de parede. Dizia: "Deus não tem outras mãos que não as tuas".

Para Marina, aquela pequena frase soou como uma grande revelação. Afinal, era Natal e há tantos Natais ela esperava que Deus (ou o Papai Noel) realizasse o seu sonho. E agora ela percebia que Deus poderia, sim, atender ao seu grande desejo. Mas que isso talvez tivesse que acontecer através de suas próprias mãos, de seus próprios atos, já que Deus não tinha outras mãos que não as dela própria.

Desde muito pequena, Marina ouvia a pancadaria no quarto dos pais. Acostumara-se a temer a chegada do pai, no fim da tarde. Observava-o: Ele tinha bebido ao sair do escritório? Ele estava de novo com problemas na fábrica? Ela sabia que, quando algo de errado acontecia na vida de seu pai, um industrial bem sucedido e que dava a ela uma vida de muitos privilégios, era em sua mãe que ele descontava. Brigavam e ele batia nela. Celina procurava não gritar. Marina sabia. Mas às vezes gritava. E Marina ouvia o barulho da briga, as cintadas dele, os socos. No dia seguinte, a mãe levantava e ia à cozinha supervisionar as empregadas, preparar a mesa caprichada do café, como se nada houvesse. Às vezes dava pra ver, no rosto ou nos braços da mãe, as marcas da violência sofrida.

Mas Celina nunca dizia nada. Nunca reclamava. E nunca ninguém comentava nada sobre isso.

Quando ainda era criança, Marina acreditava que todos os homens batiam em suas mulheres. Mas agora sabia muito bem que isso não era verdade, sabia que isso era uma espécie de vício de seu pai. E ficava muito surpresa quando via gestos de carinho nele, não só para com ela própria, como para com a sua mãe. O pai era um homem carinhoso, em certas ocasiões e, muitas vezes, depois de uma noite de pancadaria, aparecia no dia seguinte, com um lindo buquê de flores para sua mãe.

Naquele distante Natal, aos seis anos de idade, Marina queria que Papai Noel lhe desse a graça de nunca mais ver (ouvir, melhor dizendo) seu pai surrando a sua mãe. Em certas ocasiões ela acreditava que seu sonho se realizara. Passavam-se meses de tranquilidade doméstica. E a mãe ia ficando feliz, mais corada, mais bonita. Um belo dia, porém, acontecia de novo.

Ela nunca, nunca mesmo, tivera coragem de comentar nada com a mãe. Ambas agiam como se aquilo nunca acontecesse.

Agora, de volta da padaria, Marina pensava que Deus não poderia mesmo ter feito nada. Era ela, percebia, que tinha que fazer. Vinha no carro, no congestionado trânsito de Natal, ao lado da mãe. De repente, muniu-se de toda a coragem e disse:

– Mãe, por que você deixa o papai bater em você?

Celina voltou-se para ela, completamente surpresa:

– Marina! Seu pai é um homem muito bom.

– Mas, vira e mexe, ele bate em você. Eu já estou de saco cheio de aumentar o volume do som no meu quarto para não ouvir... Se ele é tão bom, por que bate em você?

Celina suspirou:

– Seu pai tem muitas responsabilidades e problemas também na fábrica. Às vezes a pressão é grande demais e ele... Bom... Ele tem que descontar em alguém.

– Mas por que em você? Como você pode aceitar isso? Isso é doença, mãe. Eu não sou mais criança e já li muito sobre violência doméstica. Por que você não faz ele procurar um médico e resolver isso de uma vez?

– Médico?

– É, mãe. Um psiquiatra. Dinheiro não é problema. Por que ele não vai a um bom médico?

Celina soltou um riso triste.

– Engraçado, minha filha, você está me dizendo a mesma coisa que disse a delegada.

– Que delegada?

– Há uns meses atrás eu fui a uma delegacia da mulher. Mas não formalizei queixa contra o seu pai. Eu amo o seu pai, Marina. E sei que às vezes ele me agride porque não consegue se controlar. A delegada conversou muito comigo e me explicou que quase ¼ das mulheres brasileiras apanham regularmente dos maridos. Os homens acham que nós somos propriedade deles. Descontam na gente as suas frustrações. Eu não sabia como falar com seu pai sobre isso. A delegada me explicou que muitas mulheres, como eu, acabam se conformando com a situação e pronto. Então eu fui ao médico.

– Você foi ao médico?

– Fui. Estou indo. Há quatro meses. E compreendi muita coisa. Acho que seu pai não vai mais me bater.

– Como? Por que você foi ao médico?

– Não. Porque ontem à noite eu consegui afinal conversar com ele sobre isso. Ele estava calmo e carinhoso e eu consegui dizer tudo a ele. Contei da delegada, contei do médico. Pensei que ele ia ficar uma fera, que ia dizer que eu não tinha o direito de expor nossos problemas a estranhos e pensei até que ele me bateria de novo. Ele ficou vermelho como um pimentão. Depois me disse que também não gostava daquilo, mas que não conseguia se controlar e concordou em ir ver o médico. Por isso é surpreendente que você tenha tocado no assunto justamente hoje. Você também vai precisar ir ao médico, minha filha. Temos que fazer o que eles chamam de terapia familiar.

E Celina fez um carinho desajeitado na perna da filha:

— Você vai ver. Vamos resolver o problema. E não queira mal seu pai por isso. Ele é um bom marido e sempre foi um bom pai para você.

— Por isso mesmo, mãe, é que eu não conseguia entender... Eu gosto dele, mãe. Mas não gosto do que ele faz a você.

— Fico aliviada que tenhamos conseguido conversar sobre isso, minha filha. Você já é uma moça e pode entender que seu pai tem um problema. Mas nós vamos resolver, ok?

Estavam nesse momento entrando na Avenida Paulista. E Marina viu um enorme Papai Noel, plantado em cima da marquise de um banco. Sorriu para ele, por entre o vidro do carro luxuoso. Pensou que, afinal, chegara o Natal dos seus sonhos. E agradeceu por existirem médicos e delegadas. Agradeceu por terem, ela e sua mãe, acesso aos médicos e às delegadas. Agradeceu por ter tido coragem de falar. E fitou longamente as suas mãos de menina.

Escassez de anjos

11

Os anjos estavam revoltados. Pensavam mesmo em fazer uma greve branca, uma espécie de operação padrão. Só trabalhariam em grandes emergências. Afinal, há milênios, no Natal, eles, que chegam primeiro, viviam a ajudar os seres humanos a sair das enrascadas em que se metiam por absoluta imprudência, por aquele espírito temerário, aquela falta de responsabilidade, aquele "comigo não acontece". E nada parecia adiantar. Os humanos continuavam, vai Natal vem Natal, do mesmo jeito. Desde as guerras até as mais banais distrações ou atitudes temerárias que os colocavam em situações de risco.

Por isso, resolveram todos eles, os anjos, reunir-se na cidade do Rio de Janeiro, sob as asas do Cristo Redentor.

– Vocês sabem – disse o anjo chefe – eles dirigem embriagados, esquecem-se de desligar o ferro de passar, se expõem a toda a sorte de perigos e geram todo o tipo de acidente... Deixam remédios e produtos químicos ao alcance das crianças, soltam balões nos céus... Fazem sexo sem camisinha... Comem mais do que podem, alguns ficam mesmo à beira da morte... Um verdadeiro absurdo. E nós é que temos que ir lá segurar a barra deles. Nem sempre fomos em número suficiente para atender a uma demanda tão grande. Agora, porém, a situação piorou e acho que estamos sobrecarregados de trabalho, tal qual está acontecendo com os controladores de voo no Brasil. Então vamos fazer como eles. Vamos trabalhar apenas na medida certa da nossa capacidade.

– Mas, péra aí – retrucou o anjo gerente – Desse jeito, vamos causar um tumulto enorme no planeta. Assim como os controladores causaram nos aeroportos brasileiros. Você mesmo viu: gente perdeu a chance de receber um órgão doado que lhe salvaria a vida porque o voo atrasou; executivos e políticos perderam importantes reuniões que poderiam acelerar o desenvolvimento do país; crianças ficaram horas e horas sozinhas nas salas de embarque; muita gente viu desmoronar o sonho das férias para as quais tinham passado anos economizando e...

– No entanto – interrompeu o presidente – tudo isso é preferível a ver acontecer outras tragédias como a queda do avião da Gol, não é? Pois é. Conosco vai ser igual. Vamos trabalhar no padrão. Nada de evitar acidentes pequenos, sem maiores consequências. Nada de impedir que a comida queime ou socorrer quem se perdeu na estrada e teve o pneu furado. Vamos estabelecer prioridades e só interferir nas coisas mais importantes.

– A humanidade cresceu – ponderou o anjo da Sabedoria. – Mas nós, há milênios, somos em mesmo número. É muito lógico que estejamos sobrecarregados. Temos que criar novos anjos, assim como o Brasil tem que criar novos controladores de voo.

– Ora – respondeu o presidente – você nem parece sábio. Esqueceu-se de que, para treinar um novo anjo leva-se vários séculos?

– Mas se não começarmos, nunca resolveremos o problema. Estamos mais ou menos como os prefeitos paulistanos e a questão das chuvas de verão e das enchentes. Nenhum prefeito começa nenhum trabalho sério na cidade, contra as enchentes, porque todos sabem que os resultados levariam quase uma década para aparecer e, em uma década, eles não serão mais prefeitos e não colherão os louros da vitória.

– E tem mais uma coisa – respondeu o presidente – quem vai treinar os novos anjos? Nós estamos reunidos aqui para discutir a redução do nosso trabalho a níveis toleráveis e você, tão sábio! Quer arrumar ainda mais trabalho para nós?

– Tenho uma proposta.

– Que proposta?

– Vamos usar os santos.

– Os Santos? Você pirou. A maioria deles nunca mais pisou na Terra, depois de sua morte. Eles não saberiam nem se locomover no mundo de hoje. Todos são muito antigos, com exceção de uns poucos que foram recentemente canonizados.

– Bobagem, presidente. Os santos se sairiam muito bem se descessem à Terra à procura de candidatos a anjos. Além disso, eles não têm tanto trabalho quanto nós. Vivem ouvindo as preces dos humanos e encaminhando requerimentos para Deus. Eles podem continuar fazendo isso e ainda ir passear no planeta um pouquinho. Acho mesmo que eles vão adorar a ideia. Tem alguns que andam bem ocupados porque estão na moda: o Expedito e o Judas Tadeu, por exemplo, caíram no gosto das pessoas, que fazem milhares de pedidos por dia. A Luzia, que vive ajudando velhinhas a enfiar a linha na agulha. O Longuinho, sempre invocado quando estes distraídos e desorganizados da Terra não sabem onde enfiaram algum objeto ou documento. Isso sem falar na Maria, que é diariamente invocada para resolver toda a sorte de problemas e desencontros, mas ela, coitada, também tinha que ser ocupada... Quem manda querer ser a mãe de Deus? Mas, outros, por exemplo, como a Clara, quase não tem o que fazer. Sendo padroeira da televisão, pouca gente a invoca. Afinal esse pessoal da televisão é ocupado demais para crer em santos. João e Pedro só trabalham demais em junho, diferentemente do Antonio que vive sendo colocado de cabeça para baixo para arrumar casamento pras moças... Mas ainda existe uma legião de santos que andam tão esquecidos pelos humanos que, frequentemente, passam os dias jogando paciência no computador. Todo esse pessoal poderia bem nos dar uma mãozinha e vir à Terra, neste Natal, procurar por verdadeiros candidatos a anjos e começar a soprar nos ouvidos deles as mais belas inspirações de bondade, de solidariedade, de amor. Quem vai dizer que esta não é uma boa ideia?

A assembleia dos anjos ficou excitada, cheia de esperança, e aprovou, por unanimidade, a proposta. Iriam todos, imediatamente levar um documento, com a assinatura de todos os anjos, para a anuência de Deus e, em seguida – porque tinham certeza que Ele concordaria – conversariam com os santos.

Foi assim, que no Natal de 2006, a Terra foi invadida, não só pelos anjos, como acontece em todos os Natais, mas também pelos santos.

Aconteceu, porém, que as fadas, os gnomos, os super heróis, os saci Pererê e as bruxas malvadas, assim como muitas mais figuras mitológicas criadas pela humanidade, ficaram sabendo da nova atribuição dos santos e se ralaram de inveja. Resolveram, portanto, que também viriam à Terra, mais particularmente ao Brasil, naquele Natal. Afinal, o Brasil era mesmo o país do futuro e estava saindo da sua condição de emergente para um glorioso papel que lhe estava reservado na História.

Na antevéspera de Natal, conforme tinham combinado, os anjos e os santos voltaram ao ponto de encontro, sob o Cristo Redentor, e qual não foi a sua surpresa ao encontrar ali um exército de mitos. A mula sem cabeça, soltando fogo pelas ventas, estava uma arara e gritava:

– Gente isso aqui tá pior do que o samba do crioulo doido!

Estava mesmo. Cada figura querendo ser mais importante que a outra e os anjos e os santos pensando apenas em dividir as muitas tarefas daquela agitada época natalícia. Até que o Príncipe Encantado disse pra Branca de Neve:

– Estando no Brasil não seria esperado que se unissem a nós a turminha lá da África? Você sabe: Iansã, Xangô, Oxum...

– Olha eles chegando ali... Naquela nuvem... – respondeu Branca.

Todos olharam para o céu e, para espanto geral, viram que numa outra nuvem vinham Zeus, Atena, Afrodite, Baco...

Peter Pan gritou:

– Agora só falta o Papai Noel!

Resolveram, então, depois de muito bate boca, esperar pelo bom velhinho e pedir a ele que liderasse as suas atividades, já que ele era a figura central da data. Mas esperaram, esperaram, esperaram e Papai Noel não veio.

Eles já tinham mesmo perdido o foco. Já nem se lembravam de que estavam ali para auxiliar os anjos na sua dura tarefa de proteger os humanos naquela ocasião festiva que acabava em tantos desastres de automóvel e outras tragédias. Foi então que o anjo da Sabedoria resolveu botar ordem na arquibancada. Subiu num galho de árvore e, depois de vários gritos, conseguiu fazer com que todos se calassem para ouvi-lo:

– Pessoal, compreendo que todos vocês vieram até aqui com a melhor das intenções, no sentido de ajudar os humanos a se meterem em menos confusões durante as festas de Natal e até mesmo na esperança de encontrar novos candidatos a anjos! (E enquanto dizia isso, pensava: Uma ova! Todos eles estão aqui porque morrem de medo de ser esquecidos e, se os humanos os esqueceram, eles simplesmente desaparecerão... Aparecer é o que todos esses fingidos querem!)

– No entanto – continuou o Anjo da Sabedoria – se até alguns momentos atrás nós estávamos sofrendo de falta de mão de obra, agora estamos com excedente. Isso sem levar em conta que nem todos os voluntários aqui presentes, exceção feita aos super heróis, têm grande experiência em salvamento. Na verdade, para ser sincero, nossos quadros já estavam completos para esta empreitada, nós, os anjos e mais os santos desocupados. Só faltava mesmo distribuir as tarefas e demarcar as áreas de atuação de cada um de nós.

Ouviu-se um enorme murmúrio de protesto, seguido de estridentes vaias, por parte da turma dos mitológicos, já percebendo que iam ser jogados pra escanteio e que o anjo chefe usaria, no máximo, os super heróis.

– Calma, calma, pessoal! – continuou o anjo – Eu penso que, se estamos com os quadros completos para as festas de fim de ano, certamente precisaremos da ajuda de todos vocês brevemente, mais breve do que pensam. A minha sugestão é que vocês voltem para as suas terras imaginárias de origem e se preparem estudando o Manual dos Anjos da Guarda porque brevemente vocês poderão ser muito mais úteis do que agora.

– Brevemente quando? – gritou Zeus, com sua voz de trovão.

– Péra aí um pouquinho – disse o anjo, tirando do bolso da túnica o seu celular e digitando alguma coisa – Preciso consultar aqui o meu calendário cristão.

Um silêncio baixou na multidão por um instante até o anjo levantar a cabeça e dizer:

– Nos encontraremos todos aqui no alvorecer de sexta feira, 16 de fevereiro de 2007, porque então, para os dias que se seguirem, teremos muito mais trabalho do que agora.

– Vai acontecer alguma catástrofe mundial? – perguntou Xangô.

– Um pouco menos – respondeu o anjo – É que no sábado, 17, começa o Carnaval.

E, assim, todos se dispersaram.

Maria Jovina, a que não gostava de Natal

12

Maria Jovina não gostava do Natal. Quando criança, na pequena cidade do interior paulista, seus pais eram muito pobres e quase não havia Natal em sua casa. A mãe se esforçava. Conseguia lá fazer alguma coisa semelhante a uma ceia, enfeitava um galho de pinheiro com umas bolas antigas e laços de fita, mas era sempre triste. Maria Jovina olhava a casa dos ricos, com enfeites maravilhosos, via as lojas cheias de brinquedos que ela não podia nem sonhar em possuir, achava que o mundo era injusto. Por que Deus, que renascia a cada Natal, permitia que alguns comemorassem com tanta pompa o seu nascimento e tantos outros mal podiam comemorar?

Jovina veio para a cidade grande, ainda mocinha, e, por ironia, partiu nas vésperas de um Natal, para desgosto de seus pais.

Foi parar numa agência de empregos no Jabaquara. Sabe lavar? Sabe passar? Cozinhar o trivial?

Trabalhou e viveu dez anos num apartamento de uma família de classe média. Nos Natais, ajudava a patroa a enfeitar a casa, a preparar a ceia, a empacotar os presentes. Ceava, depois dos patrões, dos convidados deles, das crianças, num canto da cozinha e depois era aquela trabalheira de recolher os restos da festa: ricos papéis de embrulho, desprezados e rasgados, pedaços de comida pelo chão, pratos sujos, taças de vinho fedorentas, azedas. Os patrões sempre tinham um presente para ela: um reloginho, uma camiseta, um vestidinho de jérsei.

Por que é que Maria Jovina ia gostar de Natal?

Folgava aos domingos. Começou saindo com outras moças que também trabalhavam e moravam no mesmo prédio. Aprendeu a andar na cidade grande, a tomar cerveja e conhaque barato. Teve alguns namorados. Ficou grávida. Tomou Cytotec e quase morreu. A patroa ameaçou mandá-la embora, fez um escândalo, quando viu Jovina se contorcendo na cama do seu minúsculo quartinho ao lado da área de serviço e quando, por fim, ela expulsou um feto já grandinho. Foi um pouco antes do Natal e patroa ameaçou chamar a polícia, mas, no fundo, era uma boa pessoa, se condoeu do drama da moça, telefonou para um primo médico e levou Jovina de carro até um posto de saúde pública, onde outro médico caridoso tratou dela e a encaminhou para umas aulas sobre contracepção no Hospital Pérola Byington. Então, na antevéspera de Natal, Jovina descobriu que coisa maravilhosa era conceber crianças. Foi ao curso, viu as imagens, aprendeu que existe óvulo e que existem milhões de espermatozoides tentando fecundar um único óvulo. Começou a perceber que seu corpo de mulher era uma obra lindíssima da natureza e prometeu a si mesma que, dali pra frente, para se divertir com seu corpo, só mesmo um homem que a merecesse e saiu de lá com um monte de amostras grátis de contraceptivo na bolsa e também com algumas camisinhas.

Ainda estava com cólicas na véspera do Natal, mas não deixou de trabalhar. Afinal, como é que ela ia deixar na mão a patroa que tinha sido tão compreensiva e boa para ela?

Mas, depois daquele Natal, Maria Jovina nunca mais seria a mesma. Naquele cursinho rápido, de apenas um dia, ela aprendera a beleza da concepção. Aquilo fora, para ela, uma grande revelação. E ela, além de passar a ter um grande respeito por seu corpo, percebeu que, se aprendera tantas coisas maravilhosas em apenas um dia, certamente haveria muita coisa maravilhosa a aprender, coisas que ela desconhecia, ela que havia estudado apenas quatro anos, quando era criança.

Com muito jeito, criou coragem e perguntou à patroa se ela lhe daria permissão para voltar a estudar:

– A senhora sabe, eu posso pegar um curso à noite, já fui olhar, as aulas começam às sete, eu deixo o jantar pronto, a senhora só vai ter que tirar a mesa, eu arrumo tudo quando chegar...

A patroa torceu o nariz. O que tinha dado na Jô para, agora, querer estudar? Lembrou-se de seu avô que certa vez perguntara, diante ideias esquerdistas de juventude dela, por que diabos a sociedade deveria educar os pobres?

Mas, ao mesmo tempo, gostava da moça. Afinal, ela já trabalhava na casa há tantos anos, era uma ótima empregada e, tirando aquela história recente do Cytotec, nunca lhe dera maiores dores de cabeça. Perguntou somente quem ia pagar pelo curso, e que curso era esse.

– Tem um curso de madureza logo ali, a três quarteirões – respondeu Jovina – eu fui lá, me informei, dá pra pagar com o meu salário...

E foi assim, que em um ano, Jovina prestou os exames do primeiro ciclo num colégio estadual e ganhou seu primeiro diploma. Nunca mais parou. Fez o segundo ciclo e, quando estava se matriculando num pré-vestibular, conseguiu um emprego de auxiliar de escritório e foi morar numa república de estudantes.

Apaixonou-se pela escola e pelo conhecimento. Prestou vestibular para pedagogia e foi aprovada.

Na faculdade, conheceu aquele que seria seu marido.

Hoje, Maria Jovina adora o Natal. Todos os anos, na manhã da véspera, ela e o marido enchem o carro da família de lindos presentes e saem pelos bairros da periferia de São Paulo distribuindo brinquedos às crianças mais pobres, aquelas que, como Jovina, talvez não tenham nenhum motivo para gostar de Natal.

A herança 13

Os pais de Murillo – Lucilla e Marcello – tinham batalhado muito na vida. Ainda eram apenas namorados quando se associaram para montar uma pequena loja de acessórios e peças para computadores domésticos. Era um mercado pequeno naquele começo dos anos 1990 e bastante elitista. Por isso escolheram um shopping muito elegante onde o ponto era caríssimo. Venderam tudo o que tinham: os carros, os livros, os discos, os móveis e completaram com um belo financiamento. Lucilla largou o emprego para poder se dedicar à loja e Marcello continuou trabalhando. Estavam, ambos, no último ano da faculdade e planejavam se casar no ano seguinte.

Foram tempos difíceis. Mas o mercado da computação logo deu grandes saltos e, dez anos depois da pequena lojinha, o casal abriu o negócio para franqueados e foi crescendo. Na terceira década, com a ascensão da classe C ao consumo, era uma festa. Agora, o que começara como uma lojinha, se transformara em um pequeno império de lojas e mais lojas espalhadas pelo país. Ficaram ricos.

Parece, no entanto, que nada era obtido com facilidade por eles. Queriam ter filhos, mas não engravidavam de jeito nenhum. Passaram por todas as etapas da reprodução assistida e, por fim, depois de três estrondosos fracassos no processo de fertilização in vitro, conseguiram. Murillo (cujo nome era uma nova composição das letras dos nomes deles) nasceu em 2002, quando eles completavam 10 anos de casamento e de tentativas frustradas de gestação.

Oriundos também daquela classe C, a média baixa, Marcello e Lucilla sabiam o quanto tiveram, na infância e na adolescência, que renunciar aos brinquedos, às roupas, aos tênis, aos jogos eletrônicos, aos passeios e viagens que desejaram e não puderam obter por falta de recursos de suas famílias. Assim, decidiram que tudo o que Murillo desejasse, ele teria.

Por excesso de amor e carinho, acabaram criando um pequeno monstro. Murillo cresceu acreditando que o dinheiro de seus pais tudo poderia comprar, que sua bela casa, seus brinquedos, seus privilégios, suas habilidades, seus cursos extracurriculares, suas roupas de marca, faziam dele alguém muito especial, superior à maioria dos seus amiguinhos, superior à maioria das crianças do mundo. Tornou-se um garoto problema. Na escola, liderava todas as manifestações de bullying que aconteciam. Não respeitava ninguém: professores, empregados, médicos e dentistas, funcionários de lojas ou restaurantes, todos eram, para ele, seus serviçais, gente que estava abaixo dele. As babás e as professoras faziam o possível para alertar Lucilla sobre as atitudes preconceituosas e arrogantes do garoto, mas tanto Lucilla quanto Marcello tinham pouco tempo para dedicar ao filho e, nesse pouco tempo, continuavam a fazer todas as vontades do menino.

Murillo era um garoto muito inteligente, ia muito bem nos estudos, já dominava o seu segundo idioma – inglês, é claro – e era um ás no computador e nos celulares. Sabia perfeitamente que os pais não dariam ouvidos às eventuais queixas que qualquer pessoa pudesse fazer dele, desde que, na presença dos pais, ele fosse um anjinho. E assim era. Quem acabava se dando mal eram as babás e as professoras.

Num sábado à tarde, no agito borbulhante do mês de Natal, quando passeava pelo elegante shopping onde estava a loja principal (que crescera muito, em espaço físico) e pioneira de seus pais, cansado de ser vigiado e escoltado por um dos seguranças da família, Murillo, conseguiu se esconder. Ele queria andar sozinho pelas lojas, gabava-se de conhecer aquele shopping como a palma de sua mão. Protegido por uma árvore de Natal enorme que estava na porta de um cinema, ele observava o pânico do segurança a procurá-lo enquanto discava desesperadamente o número do celular que ele, é claro, desligara. Estava rindo do pobre rapaz quando um senhor muito elegante, bem vestido, de cabelos e barba brancos, se aproximou dele e disse:

– Se você está mesmo com vontade de desaparecer, deveria entrar no cinema. No escuro vai ser mais fácil se esconder do seu segurança, não acha, Murillo?

– Êba – respondeu o garoto – quem é você? E como sabe o meu nome?

– Venha – disse o senhor – vamos entrar. Você vai gostar desse filme.

Murillo não queria saber de cinema. Em casa, tinha um home theater muito mais bacana do que uma simples sala de cinema. Mas, alguma coisa no jeito do velho fez com que ele se deixasse conduzir para dentro de uma das salas de projeção. Nem percebeu que ninguém lhes pedira ingresso ou que o homem não dissera, afinal, como sabia seu nome.

Era um filme em 3D e não precisava de óculos. Murillo, sentado ao lado do velho senhor, logo se sentiu envolvido e fascinado pelo enredo. O nome era "A Herança" e na tela desfilavam todos os atores prediletos de Murillo, que não entendia como teria sido possível realizar uma superprodução daquelas e reunir todos aqueles astros de cachês biliardários sem que houvesse uma notícia sequer nas TVs, revistas ou na Internet. Mas o enredo era tão envolvente que ele logo esqueceu esse pensamento.

Então, completamente assustado, o garoto viu desfilarem na tela todos os estágios da evolução do ser humano sobre o planeta, desde a era das cavernas até os dias de hoje. Viu um homem primitivo ser dilacerado por um animal selvagem e sentiu o fascínio da descoberta de como dominar e fazer o fogo, o pão e o vinho; viu o sofrimento dos feridos de muitas guerras e o desespero da sensação de morte iminente; viu a alegria de cada descoberta científica e viu também a dor de homens e mulheres sábios queimados nas fogueiras da Inquisição por ousarem desafiar dogmas ignorantes dos donos das religiões; viu Jesus Cristo morrer na cruz e viu a beleza da estrela de Belém que guiava os três reis magos; viu o êxtase de Beethoven ao compor a Nona Sinfonia e seu desespero ao ver-se privado da audição... Assim, foi vendo desfilar na tela todo o desafio, todo o sofrimento, toda a privação, toda a alegria, todos, todos os passos do ser humano, toda a sua glória e todo o seu horror. O impacto foi enorme. E ele, com sua inteligência privilegiada, teve a compreensão da interdependência que existia entre todos os humanos, compreendeu que tudo aquilo que ele tinha, tudo aquilo do qual usufruía, era apenas o fruto de uma história ao mesmo tempo sangrenta, cruel e maravilhosa, encantadora! Subitamente humilde, consciente de sua grande ignorância, perguntou ao velho:

– Por que não me ensinaram isso na escola?

O velho riu:

– A grande Isadora Duncan, uma bailarina famosa do início do século passado, dizia que a escola só ensina coisas absolutamente inúteis. Mas não vá contar aos seus mestres que eu disse isso, hein?

Na tela, os créditos de encerramento do filme.

– Vamos? – perguntou o velho, já se levantando.

– Nossa – respondeu Murillo, caminhando apressado em direção à saída – nunca tinha visto um filme tão comprido e tão sensacional... Nem senti o tempo passar. Meu pai já deve ter chamado a polícia... Meu Deus! Melhor ligar pra ele.

– Não – disse o velho – Não precisa. Olhe ali o seu segurança...

O segurança, avistando o garoto, correu em direção a ele, já olhando feio para o velho.

– Vamos voltar para a loja – disse o segurança, fulo da vida – Já faz mais de cinco minutos que eu estou procurando você por aqui!

– Cinco minutos? – perguntou Murillo. – Mas... Não foram horas e horas?

– Vamos – insistiu o segurança – puxando Murillo pela mão – Vamos falar com seu pai.

– Espere – disse o garoto – Quero me despedir dele – apontando o velho que já se afastava.

— Quem é ele? – perguntou o segurança.

— É o meu tio Nicolau – mentiu o menino.

— Ok. Vamos lá, então.

— Tio! – gritou Murillo.

O velho se voltou e veio em direção a eles. Pegou o menino no colo e Murillo deu-lhe um beijo no rosto:

— Muito obrigado pelo filme – disse, para espanto do segurança que jamais ouvira um agradecimento dele a quem quer que fosse.

— De nada – respondeu o velho. – Agora vá com seu segurança que está na hora de eu entrar no trabalho.

— O que você faz? – perguntou Murillo.

— Se eu contar, você promete que não vai dizer a nenhuma outra criança?

— Prometo!

— Eu sou o Papai Noel daquela grande loja ali, está vendo? Vou me fantasiar agora e render o outro Papai Noel que já trabalhou até agora.

Murillo riu:

— E as crianças pensam que você é um só?

— Mas eu sou um só! – e sapecou-lhe um beijo estalado na bochecha – Agora vá. Tchau. Nos veremos qualquer dia desses!

Caminhando de volta à loja de seus pais, de mãos dadas com o segurança, ao passar diante do cinema, Murillo disse:

– Cláudio, você precisa ver esse filme aí, é muito bacana, bacana mesmo!

O segurança olhou para o cinema e viu os três filmes anunciados para as três salas de projeção.

– Qual deles, Murillo?

– Esse que chama "A Herança".

Cláudio olhou de novo. Estavam anunciados três filmes recém-lançados. Mas nenhum se chamava "A Herança".

Todo mundo sabe que no Brasil não neva

14

— Mãe, será que vai nevar no Natal? – perguntou Ednaldo, diante da vitrine decorada da loja de brinquedos.

Edna riu:

– Meu filho, no Brasil não neva.

– Neva sim.

Ela pensou mais uma vez no quanto aquele moleque era teimoso. Todo mundo sabe que no Brasil não neva, ela estava dizendo, ela era a mãe, a autoridade, enfim, a adulta e o garoto a contradizê-la.

– Todo mundo sabe que no Brasil não neva – disse ela, ecoando os próprios pensamentos e puxando o garoto pela mão.

– Mas na Wikpedia está escrito que a nevasca é mais comum no Brasil e o nevão é mais comum em Portugal – disse ele, apressando seus passinhos para acompanhar a mãe.

Edna teve que rir novamente, teimoso e esperto o seu filhote. Mal aprendera a ler e já sabia acessar qualquer coisa na Internet. Logo percebeu o engano de interpretação e esclareceu:

– A enciclopédia estava se referindo aos termos e não ao fenômeno.

– Como assim? – Fez ele, e ela pensou que era típico dele não ter dito claramente que não entendera a frase dela e, em vez disso, usado um subterfúgio.

– Quer dizer – respondeu a mãe – que o fenômeno é uma neve em grande quantidade e o termo para dizer isso no Brasil é "nevasca", enquanto que em Portugal é "nevão". A enciclopédia falava dos termos e não do fenômeno. Todo mundo sabe que no Brasil não neva.

— Mas se não neva no Brasil, por que as vitrines todas tem neve no Natal?

Ai, meu Deus, como explicar pro garoto que o Brasil tinha, até há muito pouco tempo, uma baixíssima autoestima e só dava valor para o que vinha de fora, dos Estados Unidos ou da Europa, e por isso, em vez de adaptar as decorações de Natal à cultura e à realidade brasileiras, copiava os modelos estrangeiros? Mãe sofre. Tentou:

— Bem, é que o Papai Noel mora no Polo Norte e, então, como ele simboliza o Natal, as decorações também usam as características das terras frias.

— Hum... — suspirou o menino — Eu pensei que era porque a gente aqui no Brasil copia tudo o que vem dos Estados Unidos.

Ai! Mãe realmente sofre.

— Isso também — admitiu ela, completamente derrotada.

Não adianta tentar esconder nada desse moleque — pensou, lembrando-se de sua própria mãe que colocava chumaços de algodão no pinheiro natural, ao decorá-lo para as festas natalícias, quando ela, na idade que tinha o seu filho hoje, ainda acreditava em Papai Noel.

Desde muito pequeno Ednaldo revelara-se uma criança de uma inteligência acima da média. Claro que hoje em dia — refletia ela — as crianças eram mesmo mais precocemente informadas, espertas, dominavam os joguinhos eletrônicos, os celulares, brincavam com tablets e navegavam pela Internet sem nenhuma dificuldade. Mas seu filho fora além disso tudo. Aos seis anos já sabia ler, aprendera sozinho, perguntando uma coisa aqui, outra ali, mergulhando nas telinhas e telonas desse mundo virtual. Dizia que a escola era chatíssima, que seus coleguinhas eram burros e as professoras, tontas, que nada entendiam das coisas que ele gostava. Muitas vezes Edna se surpreendera com a crítica que lia nos olhos do filho, mostrando claramente a desaprovação dele a alguma afirmação ou atitude dela. Pensando nisso, outro pensamento lhe ocorreu:

– Ednaldo, você está zombando da sua mãe? – perguntou. – Não acredito que você não soubesse que não neva no Brasil.

O menino riu, aquele risinho maroto. Às vezes, ao invés de se orgulhar da inteligência e perspicácia do filho, Edna quase o detestava, principalmente quando percebia que ele estivera zombando dela, de sua inteligência apenas normal e não genial como a dele. Como será que a mãe de Einstein se comportava em relação ao filho?

– Eu sabia, mãe, mas perguntei porque li aquele negócio de "nevasca (mais comum no Brasil) e nevão (mais comum em Portugal)" , era assim que estava escrito na Wikipedia. E também vi num canal da Net uma reportagem sobre algumas cidades do sul do Brasil que são visitadas por turistas na esperança que caia neve...

Esse menino fala que nem adulto – ela ouvira infinitas vezes.

– É verdade – interrompeu ela – Em algumas localidades do extremo sul às vezes neva. Mas no inverno, não é? Você sabe que estamos no verão.

– Ainda não estamos no verão, mãe. Hoje ainda é dia 15.

Edna pensou que a sua cabeleireira, uma moça formada, bem educada, não sabia se a primavera era antes ou depois do verão e que o seu filho, de seis aninhos de idade, tinha exato conhecimento das estações.

– Quero sorvete! – anunciou ele, ao passarem por uma loja de doces.

Minutos depois, sentados diante da taça de sorvete que eles mesmos montaram, misturando sabores e coberturas prediletas, ele diz, fitando a colher cheia de massa gelada:

— Sorvete é igual a neve, mãe. São cristais de líquido congelado, reunidos em flocos.

Meu Deus! Como uma criança de seis anos pode falar assim, saber tudo isso? E ele, como se lendo os pensamentos dela:

— Aprendi na Wikipedia que a neve é uma precipitação de flocos formados por cristais de gelo... Já imaginou, mãe, se nevasse sorvete? – e riu gostosamente – Todo mundo ia ficar na rua de boca aberta.

No dia seguinte Edna saiu do trabalho na hora do almoço para ir à festa de Natal da escola do filho. Seu marido, Ronaldo, que fazia absoluta questão de ser um pai presente, também estava lá. À noite, à mesa do jantar, o menino anuncia:

— Mãe quem vai montar a decoração de Natal da casa, esse ano, sou eu.

— Não – disse o pai. – A decoração é sempre feita pela Dona Salete (era a governanta) e nós não vamos mudar isso. Vou dizer a ela que você quer participar e, então, você poderá ajudá-la e até dar palpites. Mas vai respeitar o desejo dela, está entendendo?

E o garoto, com sua arrogância de sempre:

— Ela vai adorar as minhas ideias, pai. Nem precisa se preocupar.

Assim, para a surpresa de todos, naquele ano a árvore de Natal da casa de Edna e Ronaldo, em vez de pinheiro, era um arbusto jatobá e exibia, em vez de bolas, peras, maçãs, laranjas, morangos, abacaxis e até mangas. No lugar dos cordões dourados, cipós que sustentavam, em vez de estrelas, pequenos sóis dourados.

O presépio, além do menino Jesus, Maria e José, trazia Carmem Miranda, Leila Diniz, Tom Jobim, Vinícius de Moraes, Altamiro Carrilho, Machado de Assis, Chiquinha Gonzaga,

Elis Regina, Nara Leão, Castro Alves e Rui Barbosa. Montados em lhamas, os três reis magos tinham a cara do Lula, do Fernando Henrique e da Dilma Roussef. Os presentes que traziam era um cavaquinho, uma cuíca, um violão. Os anjos eram Caetano Veloso, Chico Buarque, Milton Nascimento, Paulinho da Viola e Lobão, voando cercados por araras azuis e papagaios. Os sinos eram berimbaus e Papai Noel era Hermeto Pascoal, vestido com camisa amarela e calça verde, instalado numa carroça puxada por jegues prateados.

Edna e Ronaldo tinham por tradição receber, para um almoço, pouco antes da véspera de Natal, seus amigos e pessoas de sua relação profissional. Eram almoços famosos, badalados. Mas, naquele Natal, causaram furor.

Até a imprensa se interessou pela inusitada decoração natalícia da casa deles e, quando a repórter da TV soube que aquelas ideias haviam saído da cabeça de um garoto de seis anos, resolveu sugerir ao seu editor que pusesse a matéria no jornal da noite. Perguntado sobre como tivera aquela ideia, Ednaldo olhou bem pro olho da câmera e disse:

– Ora, é porque todo mundo sabe que no Brasil não neva.

A hora da estrela

15

Chegara, como chegava todos os anos, a hora de decorar a casa para o Natal.

Não que houvesse muito entusiasmo nessa tarefa, afinal os Natais não eram mais os mesmos, havia anos e, além disso, nem tinha muita certeza se acreditava naquele Deus cristão, em nome de quem tanta barbaridade era cometida mundo afora.

Afinal por que deveria festejar o nascimento do filho de um Deus que apenas se mostrara cruel e intolerante? Não existe Deus – pensava – e, se existisse, seria um belo dum filho da puta. Imagine, permitir que seu filho morresse crucificado e sofrendo feito um cão? Permitir que exércitos rivais benzessem suas tropas, cada uma querendo ter razão, antes da batalha, sempre sangrenta e cruel, mas supostamente abençoada por Ele? Permitir que, em Seu Nome, pessoas fossem sacrificadas, queimadas vivas em fogueiras, torturadas até perderem a razão? Que diabo de Deus era esse, afinal?

Lembrou-se de um dia, numa mesa de bar, dizer a uma amiga que, se houvesse reencarnação, queria nascer num planeta mais evoluído que a Terra. E a amiga, rápida:

– Cuidado, hein? Se Deus te ouve, te faz nascer na África!

Era essa a visão que se tinha de Deus, alguém traiçoeiro, pronto a armar alguma cilada só pra mostrar o Seu poder e a Sua superioridade.

Por isso, decidira: Deus não existe.

Afinal, Deus só pensa que existe porque os seres humanos acreditam nele. Deus precisa da humanidade para existir. Se eu não acreditar, o que será do coitado? Se não houver ninguém para adorá-lo, temê-lo, reverenciá-lo... O que será dele? Lembrou-se do filósofo: "Deus está morto – disse Nietzsche. Nietzsche está morto – disse Deus.".

Mas, mal ou bem, ainda, no fundo de sua alma, tinha que admitir que gostava do ritual natalício. Gostava de acreditar que houvesse mesmo um sentido em se comemorar o nascimento daquele homem que codificara tão bem a conduta humana, aquele que, há dois milênios, já dissera tudo aquilo que, se alguém tivesse de fato ouvido, tornaria o mundo muito melhor.

Criança, esperava ansiosamente pelo Natal. Era um tempo de alegria, de casa cheia, a mesa enorme e decorada, o imenso pinheiro enfeitado e vendo crescer, ao seu pé, os muitos e belos pacotes de presentes, depositados pelas pessoas que iam chegando. Pessoas lindas, bem arrumadas, vestidas para a solene ocasião. A casa toda brilhava. E vinham os primos, os tios, um da cada canto da cidade, um de cada canto do país.

Criança, o Natal era um acontecimento.

A ceia, a permissão para ficar acordada até mais tarde, as outras crianças, aquele bando de primos, todos alegres, ansiando pelos maravilhosos e modernos brinquedos que, sem dúvida, as esperavam sob a árvore. E os adultos, talvez por causa do vinho, ficavam mais soltos, mais maliciosos, mais ternos.

Criança, imaginava que toda aquela grande família que se reunia no Natal era de fato uma família especial, uma família onde imperava o amor, a tolerância, a compreensão, o entendimento. Bem de acordo com o espírito de Natal que via nos filmes de Hollywood, que transpirava nas mensagens dos coloridos cartões e até nos anúncios de revista.

O tempo passou. A família se dispersou e, à medida em que corria a vida, foi mostrando a sua verdadeira face. Uma face não tão bela nem tão límpida. Uma face corrompida por pequenos ódios cultivados pelos desentendimentos, pela inveja, por ressentimentos acumulados ao longo de anos.

Agora, quase meio século depois, os parentes desunidos, ruminando suas intolerâncias, cercados pela sombra de tantos mortos que se foram, com o passar dos anos, para o outro lado, o que esperar do Natal?

Por que decorar a casa? Por que esperar por uma noite mágica, se magia há tanto tempo se fora consumindo no acúmulo das pequenas mágoas?

Já há alguns anos, o Natal fora minguando. Cada vez menos pessoas para a ceia, cada vez menos vontade de estar com aqueles que mal disfarçavam suas invejas, seus ressentimentos.

Sua família, no fim das contas, nada tinha de especial. Era feita, como todas as famílias, apenas de seres humanos, falíveis, intolerantes, orgulhosos sabe Deus de quê.

A própria data, o Natal, fora perdendo o sentido. Afinal, quando se comemorava o nascimento de Cristo, quase ninguém se lembrava dele. Era apenas uma festa de comércio, de competição. Quem deu o melhor presente? Quem decorou a mais bela mesa?

Em nome de Jesus Cristo, as muitas religiões exploravam os pobres, disseminavam a intolerância, o preconceito, a submissão a um temor de Deus, um temor que mantinha milhões de pessoas insatisfeitas, infelizes, mas bem comportadas. As muitas religiões fizeram das palavras de Jesus mais alguns instrumentos de dominação das massas ignorantes – refletia.

Bom, com tudo isso, como acreditar novamente na magia do Natal?

Como acreditar que esta era uma data de renovação, de revisão de vida, de revisão de valores, de renascimento?

Porém, quisesse ou não, era Natal.

E, no mundo, existiam, sim, verdadeiros cristãos. Gente que ainda acreditava e praticava os valores pregados por aquele que renasce a cada 25 de dezembro.

Não conseguia lembrar-se de onde tinha ouvido, ou lido, uma frase que, de repente, lhe veio à lembrança: No Natal, primeiro chegam os anjos.

Então recordou um sonho encantando que tivera há alguns anos: Ela estava numa fazenda maravilhosa, onde as flores brotavam em cada canto e, de repente, das árvores, em vez de frutos, nasciam pássaros.

Anjos são um pouco como pássaros – pensou – e riu ao imaginar que pelo menos as asas eles têm em comum.

Por analogia, lembrou-se de outro sonho, onde um grande pássaro, um enorme pássaro com mais de dois metros de envergadura de asas, entrara pela janela e roubara um bebê que estava no berço.

Seus pensamentos tornaram-se, assim, uma salada de símbolos, arquétipos, figuras imaginadas, ao longo de séculos, pela humanidade. Anjos, pássaros, bebês, árvores, gnomos, a relação com a terra, o nascimento sagrado, pássaros brotando das árvores, o grande gavião do mal roubando o inocente de seu berço: o materialismo tirando o sentido do nascimento do filho de Deus.

Compreendeu então que todo aquele ritual da decoração, da festa, dos presentes de Natal, tudo estava dentro dela, era parte da sua herança, memória de seus antepassados, de sua cultura, de tudo que a definia como ser humano.

Pensou nos shoppings, na rica e suntuosa decoração de Natal dos shoppings. Na concorrência, na Avenida Paulista, entre os bancos, cada qual mais decorado, com papais noéis mecânicos e toda uma parafernália de símbolos natalícios que encantavam as crianças e visavam mostrar aos adultos o poder das instituições.

Pensou na mega loja, cuja propaganda de TV, chamava gente do país inteiro para vir comprar (e se divertir) em São Paulo.

Pensou que o Natal movimentava a economia, fazia jorrar dinheiro no comércio, transtornava as pessoas que, enlouquecidas, procuravam ao mesmo tempo o mais belo presente e o mais econômico, como que a dizer: -- Viu como eu sou competente?

Pensou na hipocrisia das reuniões familiares. Nos cunhados que se odiavam, mas que, na noite da ceia, obrigação social, tentavam sorrir um para o outro.

Pensou na ostentação das mesas ricamente decoradas.

Pensou na afirmação de tantas mães de família, que visava mostrar a todos o quanto elas eram capazes de produzir para este acontecimento.

Pensou na enorme distância que havia entre este consumismo natalício desenfreado, nesta ostentação, nesta vaidade de produzir a melhor festa, a melhor ceia, a melhor decoração e um casal fugitivo tendo um filho numa humilde manjedoura. Uma distância absurda.

Então, pensando nisso, resignadamente, pegou a escada, foi ao armário, retirou lá do alto as caixas onde estavam os enfeites de Natal e resolveu que, com comemoração ou sem ela, acreditando ou não em Deus, ia decorar a casa para o Natal.

O dia, lá fora, era lindo e azul e assim que ela abriu a primeira caixa de enfeites, um raio de sol, que entrava pela janela, refletiu-se na estrela da ponteira da árvore. O brilho do reflexo, por uma fração de segundo, a cegou. Piscou os olhos e quando os abriu mal pôde acreditar no que via. Na parede em frente brilhava uma estrela enorme, ofuscando a vista e refletindo sua luz para toda a sala. Viu-se mergulhada numa claridade de prata que cintilava em cada objeto à sua volta.

Estou sonhando acordada, pensou, deliciada, no entanto, pelo esplendor da visão.

Piscou novamente e tudo desapareceu.

Foi então que ouviu um leve tilintar de metais que parecia vir de uma das caixas de enfeites. Ops! Será que há uma barata dentro daquela caixa? Com cuidado, foi removendo os enfeites da caixa onde ouvira o barulhinho. Mas este parecia ficar mais forte à medida que ela removia os enfeites. Até que chegou a um lindo anjo que ganhara de uma amiga há muitos anos. Parecia vir dele o barulho e ela então viu que as asas do anjo estavam se movendo lentamente, produzindo um sonzinho de engrenagens... Mas aquele anjo não era movido à pilha! Ela tinha certeza. Ele era apenas plástico, massa, tecido...

Pegou o anjo. As asas estavam realmente, lentamente, se movendo. Ela o fitou atônita, sem entender aquele estranho movimento. Neste momento notou que o anjo ganhava expressão em seu rostinho de biscuit e um sorriso apareceu. Dentro dela soou uma voz: "Você sabe, primeiro chegam os anjos, sob o brilho da estrela". E então as asas cessaram o movimento, o sorriso desapareceu da face do anjo e ele voltou a ser apenas um boneco, uma imagem.

Seu coração batia descompassadamente. Devo estar enlou-quecendo, pensou.

Levantou-se, tirou um chocolate da bomboniére que estava na mesa de centro, sentou-se numa poltrona próxima, já temendo mexer mais nas caixas de enfeites e ter outras visões.

Engoliu o chocolate pensando que, afinal, não podia ficar ali como uma boba só por causa de uma pequena alucinação. Tinha que decorar a casa para o Natal, mesmo que este fosse apenas mais um Natal absolutamente solitário.

Tirou o grande Papai Noel da caixa. Esse sim, se move, pensou já divertida, mas é por força da energia elétrica. Colocou o boneco em seu lugar de sempre, conectou-o à tomada, ligou o botão e ele começou a mover a cabeça e os braços, segurando a sua linda lanterninha e tocando canções de Natal, com aquele sonzinho de caixinha de música. Sorriu para ele. Sempre imaginara que este lindo boneco, que comprara há uns dez anos numa loja de importados, era o mais lindo Papai Noel que já vira, mas também fazia com que ela pensasse em gnomos. Meu grande gnomão – era assim que se despedia dele quando, depois dos Natais, voltava a trancafiá-lo em sua caixa – até o ano que vem! Ele parecia mesmo um gnomo, o gnomo do amor, pensou e ouviu claramente a voz de um velhinho que parecia soprar-lhe aos ouvidos:

– Todos os seres que a humanidade criou estão vivos e ativos em nossa imaginação e em nossos corações.

Bah. Depois de velha – pensou, tentando conservar o humor – estou ficando esquizofrênica, tendo alucinações e ouvindo vozes.

Da caixa à sua esquerda, surgiram risinhos debochados e umas vozes fininhas que diziam, entre risadas:

– Ela não acredita em nós. Ah, Ah, Ah.

– Ah, Ah, Ah... Mas foi ela mesma que nos criou.

Abriu a tal caixa. Era a caixa dos anjos. E todos se balançavam, de tanto rir.

Resolveu, então, entrar no jogo:

— Qual é, hein? — perguntou aos anjos — Vocês estão me gozando?

— Nós existimos dentro de você. Foi você. Foi você. Foi você — eles responderam em coro.

— Fui eu o quê?

— Foi você que criou todos nós. Foi você que acreditou na magia coletiva do espírito de Natal. Foi você que sempre se renovou e sempre se deu uma nova chance, a cada Natal, de fazer reviver a esperança, o amor, o perdão — gritaram os anjinhos, sacudindo-se dentro da caixa, de tanto rir.

Nesse instante uma imensa luz brotou de outra caixa.

Era a do presépio.

Sem se importar com a loucura de tudo aquilo, ela aproximou-se da caixa e tirou de lá de dentro as imagens dos três reis magos. E eles disseram em coro:

— Neste ano temos um presente para você!

Tirou as imagens de Maria e José e as colocou, ao lado dos Reis Magos, sobre a mesa de centro da sala. Maria sorriu para ela e disse, com a maior serenidade em sua voz:

— Ele vai renascer.

E José acrescentou:

— Dentro de você.

Ai, ai, ai – pensou ela – estou pirando de vez.

Já esperando por outra surpresa, retirou o menino Jesus da caixa e ficou olhando para ele, desafiadora:

– E você, menino? Não vai dizer nada? Já que é um bebê, ainda não pode falar?

A imagem do menino nada disse, mas ela ouviu uma voz maravilhosa dentro de sua cabeça:

– Eu renasço a cada dia. Basta você se lembrar dos meus ensinamentos, basta colocá-los em seu cotidiano e eu lá estarei...

Uma música maravilhosa, algo que ela jamais sonhara em ouvir, inundou de repente a sala e ela, deslumbrada, percebeu que todos os enfeites e imagens tilintavam dentro das caixas, como se fossem instrumentos musicais e produziam aquela melodia absurda de tão bela!

Recuou sobre seus passos, assustada, tropeçou no tapete, caiu, bateu a testa no canto da mesa de centro e desmaiou.

Ela não saberia dizer exatamente quanto tempo ficou desacordada. Mas, ao recuperar-se, doía-lhe a testa e ela estava ali sozinha, ela e os enfeites. Tudo quieto. Só o Papai Noel continuava a se mexer e a tocar a sua musiqueta.

Levantou-se. Olhou fixamente para o anjo e para as imagens do presépio. Foi espiar a caixa dos anjos, temendo ouvir de novo as suas risadinhas sarcásticas. Nossa, que sonho louco eu tive – pensou.

E se pôs a decorar a casa.

Naquele Natal um pequeno milagre aconteceu. Não todos no mesmo dia, não todos em volta da mesa, mas todos, todos os seus primos e tios e parentes com quem ela pouco estava se dando nos últimos anos, todos eles, foram à sua casa para desejar um feliz Natal. E ela compreendeu que os amava, não porque tinham o mesmo sangue nas veias, mas porque crescera com eles, com eles dividira momentos de alegria e de angústia; porque, como a tradição do Natal, eles faziam parte indelével de sua história e haviam compartilhado o seu cotidiano. E, porque os amava, não encontrou em si nenhum resquício de mágoa ou tristeza por este ou por aquele desentendimento que porventura tivessem tido, não encontrou em si sequer a lembrança do que a havia magoado neste ou naquele... Apenas uma alegria gostosa, traduzida em abraços e sorrisos e presentes e pequenas gentilezas.

Depois, quando tudo passou, ela pensou que era estranho que tivessem vindo assim, espontaneamente, todos, todos eles (talvez até mesmo os mortos). Tinham vindo, afinal, como que atraídos pelo brilho daquela estranha estrela que, é verdade, já não estava em sua sala, mas revivera em seu coração.

Isabel Vasconcellos

é escritora e apresentadora de TV e rádio. Começou a escrever profissionalmente aos 16 anos.

Na televisão se especializou na produção e apresentação de programas médicos e também sobre a condição social das mulheres.

Atuou nas TVs: Gazeta, Record, Senac, Rede Mulher e Rede Bandeirantes de Televisão, além das webs TVs, AllTv e OpenTV. Já produziu e apresentou mais de 4 mil programas televisivos.

Desde julho de 2000, edita e publica o seu próprio site, atualizado diariamente: www.isabelvasconcellos.com.br

É colunista de sites e revistas.

Livros Publicados: *Histórias de Mulher* (Ed.Scortecci,2000); *50 Anos da Rosa* (Ed. Universal, 2002); *A Menstruação e Seus Mitos* (Ed. Mercuryo, 2004); *Sexo Sem Vergonha* (Ed. Soler, 2005); *Todas as Mulheres São Bruxas* (Ed.Soler, 2006); *Depressão na Mulher*, co-autoria Prof. Dr. Kalil Duailibi (Ed. Segmento, 2007), *O Fantasma da Paulista* (Ed. República Literária 2008), *Mergulho na Sombra*, (Ed. Cultrix, 2011) em co-autoria com o Prof.Dr.Kalil Duailibi e *Todas as Mulheres São Bruxas* (edição revisada, Ed.Barany, 2011)

Suely Pinotti

Nascida em São José do Rio Preto, São Paulo, transferiu-se para a capital para cursar a graduação em Pedagogia e Psicologia, complementou seus estudos com o curso para Formação de Professores de Desenho Geral e Pedagógico. Depois de prestar concurso dedicou-se ao Ensino Fundamental e Médio do Estado de São Paulo, na área de Educação Artística. Foi Docente do Departamento de Artes Plásticas do Instituto de Artes da UNICAMP, Universidade Estadual de Campinas. Como artista plástica, realizou várias exposições, coletivas e individuais, tanto no Brasil quanto no Exterior.

Este livro foi composto na tipologia
bembo Std 12p para o miolo
Christmas Card, 20p para os títulos
Impresso e off set 90g
para a Barany Editora